In Stefanies Alltag wechseln die Gefühle so häufig wie die Männer. Und bei einer Single-Frau kann das schon einmal einer mehr sein. Ruhelos kämpft sie auf der Suche nach Liebe und Geborgenheit gegen süße Sehnsüchte und bittere Frustattacken an. Eine Affäre löst die nächste ab. In durchlebten Nächten finden Begegnungen ohne viel Nähe statt. Nur wenige Personen tauchen wieder auf, die meisten wechseln in schneller Folge, werden austauschbar.

Der Stakkato-Stil, in dem die - teils fragmentarischen - Episoden erzählt werden, lassen einen beim Lesen selbst kaum zur Ruhe kommen. Das Buch beginnt mit philosophischen Selbstgesprächen und inneren Monologen und wird später mit flapsig-frech erzählten Erlebnissen und Gesprächen durchzogen. Durch diese Wechsel gelingt es Bettina Brucker nicht nur bei der Hauptperson Stefanie die Hoffnung auf entscheidende Veränderung zu wecken. Sollten sich ihre Träume doch noch erfüllen?

Bettina Brucker, 1963 in Lahr geboren, Studium in Freiburg. Heute lebt die Germanistin und Sportwissenschaftlerin in Köln, wo sie seit 2000 mit «LOGO!» als Autorin und KompetenzCoachin erfolgreich ist.

Bettina Brucker

Zwei ist keiner zu viel

Episodenroman

© 2006 Bettina Brucker M. A.
Umschlagentwurf:
Christiane B. Bethke
Herstellung und Verlag:
Books on Demand GmbH, Norderstedt

ISBN-10: 3-8334-5440-7
ISBN-13: 978-3-8334-5440-0

Inhalt

Danke, genug!

Ich laufe durch die Stadt. Bummle, schlendere. Blicke in Gesichter. Kenne keines davon. Alles Fremde um mich. Nein, neu bin ich hier nicht. Ich kenne die Stadt zu jeder Tageszeit. Kenne fast alle Gassen und Winkel. Weiß, wie sie aussieht und wie sie riecht an einem heißen Sommerabend, kenne ihre graue Kälte, die tagelang im Winter über ihr hängt.

Ich bin nicht zurückgekehrt. Ich lebe hier. Und ich sehe in Gesichter, die ich nicht kenne. Fast fünfzehn Jahre und nur Fremde um mich. Nein, ganz stimmt es nicht. Die Hast-mir-mal-'ne-Mark-Typen, die erkenne ich wieder. Ein paar neue sind dabei, einige fehlen. Tolle Ausbeute. Scheiß-Gefühl.

He, was hab ich denn all die Jahre gemacht? Warum ruft nicht jemand meinen Namen, warum lacht mich keiner an und sagt: »Mensch, schön, dass ich dich treffe! Lass uns 'nen Kaffee trinken gehen.«

Klar hab ich Freunde in der Stadt. Liebe, gute Freunde. Wenige. Und die sind selten in der Stadt unterwegs – oder immer wo anders als ich.

So geht's nicht. So geht's nicht weiter. Ich will dazu gehören. Will eintauchen, eintauchen ins Leben meiner Stadt. Also tauche ich ein. Ein ins Leben meiner Stadt. Samstagmorgens, da geh ich einkaufen. Aber da treffe ich niemanden, den ich kenn, außer ich bin verabredet. Sonntags ist tote Hose oder Familienausflug. Nicht gerade die Leute, die ich kennen will. Single ohne Hund und Kind. Da kann ich nicht einfach am Spielplatz sitzen oder Gassi gehen und Stöckchen werfen.

Okay, die Wochen- und Tageszeit ist festgelegt. Deck mich ein mit der nötigen Lektüre: Was ist wann wo los. Und – wo kann ich alleine hin. Wart mal, warum alleine? Und deine Freunde? Familie, Beziehung, Junglehrerinnen – nach 23 Uhr läuft nichts mehr. »Ach, komm doch lieber noch auf ein Glas Wein bei uns vorbei ...«

Danke, genug! So lern ich nie jemanden kennen, keine neuen Leute, keine Männer, nicht den Mann. Na, endlich sind wir beim Thema: Der Mann.

Eintauchen ins Leben. Ist der Mann das Leben? Nein, aber er ist das Thema. Das Thema. Der Mann. Einer oder zwei, vielleicht auch drei, damit auch wirklich am Ende einer übrig bleibt. Übrig bleiben, na, nicht gerade eine schöne Aussicht. Nicht für ihn und nicht für mich. Aber so ist es. Ich will nicht vom Tiger gefressen werden. Also muss ein Mann gefunden werden. Schnell, sofort. Wer sucht, der findet, heißt es. Wer krampfhaft einen Mann sucht, wird aber selbst nicht gefunden. Also nicht suchen? Warten? Mhm – nicht warten und nicht suchen. Ich sag's ja – eintauchen, aufsaugen, mitschwimmen, rumflirten, anmachen, mitmachen, mitgehen, mitnehmen. Schön war's; danke. Bis dann. Ja, bis wann denn?

Kaffee und seine Folgen

Vergnügungsfieber, Geilheit, Sehnsucht, Träume. Keine Ruhe haben, raus müssen, was los machen. Besser allein als gar nicht. Hoffen, dass einer einen anhält, festhält, zur Ruhe kommen lässt.

Wer – der da? Warum nicht? Sei offen. Lächeln, schauen. Wegschauen.

Schauen. Schau doch nicht immer hin. Schaut er auch? Ja! Wegschauen. Schaut er? Nein! Verdammt! Noch mal schauen. Schau doch nicht immer hin.

Gut, dann rauch ich eine. Und wenn er Rauchen nicht leiden kann? Intoleranter Schnösel! Wütend hinschauen. He, warum schaust du nicht? Ich hab 'ne Wut auf dich. Ja, ich rauche. Und zwar dann, wenn's mir passt. Und jetzt passt's mir.

Was soll ich denn sonst tun? Nicht schauen, nicht rauchen. Gut, dann was trinken. Einen coolen Drink, der birnt? Oder ein Bier? Vielleicht ist das zu prolig. Mineralwasser! Oh Gott, wie langweilig. Also Bier.

Da steh ich nun mit meinem Glas, schau mich um und alle trinken – Sekt. Klar, Sekt wär's gewesen.

Sekt? Was hab ich denn zu feiern? Dass ich mich allein her getraut habe, immer noch da bin, meine Zigarette schon bald auseinander fällt, weil ich sie nervös von einer Hand in die nächste wechsle?

Wen frag ich denn nach Feuer? Blöde Marotte, kein Feuer mitzunehmen, weil man dann zur Kommunikation gezwungen ist. Nie sieht es jemand, wenn ich mir eine Zigarette drehe. Doch, schon. Aber nie macht es dann klick-klick von all den ›feurigen‹ Männern um mich rum. Mensch, Männer, das bringt sogar mein Vater und der kann's nicht leiden, dass ich rauche. Noch 'n Schluck! Dann frag ich den Typ mir gegenüber, der auch raucht. Mist – zu spät, hat grad der Frau neben sich Feuer gegeben und ist ins Gespräch mit ihr versunken.

Nee, den blöden Heini drei Meter weiter frag ich nicht, den werde ich nie wieder los. Ha, auch noch wählerisch. Und das schon beim Feuer. Was erlaub ich mir denn, wer bin ich denn? Stolz bis zum ...Wow, der ist ja niedlich und – allein. Nicht dauernd hinschauen.

Bin ich eigentlich bescheuert, alleine hierher zu gehen? Verdammt, schau doch nicht immer hin. Zack, das

Bier runterstürzen und tanzen. Klar, das ätzendste Lied erwischt. Durchhalten. Klar, halt ich durch. Hab ja Sport studiert, da wirft mich kein Rhythmus aus dem Takt. Hoffentlich kommt bald was Besseres.

Durchhalten. Nicht schauen. Nicht rauchen. Kein Bier trinken. Toller Abend! Warum bin ich hier? Ah ja – ins Leben eintauchen. Entspann dich. Schau dich ganz locker um. Siehst du, keiner schaut, keiner sieht dich. Na also, entspann dich, alles easy. Keiner sieht mich? Keiner schaut? He, ich bin's! Ich bin mit dabei. Bei was? Beim Nicht-schauen-nicht-rauchen-nicht-trinken. Heimgehen? Und dann? Ist noch viel zu früh. Habe extra 'nen Kaffe getrunken. Der hält mich noch stundenlang wach – aber wofür?

Die Power-Frau

Ich bin 34 Jahre, sehe gut aus; wenn ich Sport mache – falls ich dafür mal Zeit habe – sind sogar die Beulen an den Beinen weg. Hab gesunde Zähne und zwar noch alle. Ach ja, ist nur bei einem Gaul wichtig.

Trag 'ne Brille: mal die coole mit dem schwarzen Gestell, etwas distanziert, auffallend, aber einfach gut, passt zu mir. Mal 'ne randlose. Nichtbrillenträger stehen auf randlose, die fällt halt auch nicht auf und manchmal fühl ich mich mit der besser.

Bin gebildet – ein Magisterabschluss immerhin - bin vielseitig interessiert und weiß auf vieles eine Antwort oder kann in meinen Büchern etwas dazu nachlesen. Little Miss Brainy nennt mich meine Freundin Geli.

Neben Intellekt habe ich technisches Verständnis und handwerkliches Geschick vorzuweisen: elektronische

Geräte anschließen, ein Autoradio einbauen, Bügeleisen reparieren, schrauben, sägen, bohren, kitten, schleifen, hämmern – alles kein Problem. Nähen, stricken, häkeln, backen, kochen – mach ich locker.

Vor allem kochen tu ich mit Leidenschaft und essen mit Genuss. Alles, außer süßem norwegischem Ziegenkäse. Musik: von Oper bis Techno, je nach Laune. Kann Blockflöte spielen und habe mal Trompete gelernt. Noten sind mir bekannt. Singen sollte ich besser nur unter der Dusche.

Sport betreibe ich mit Leidenschaft. Ich bin ehrgeizig und zielstrebig – vielleicht weil ich ein Steinbock bin – weiß, was ich will, bin geduldig und tolerant, sozial engagiert, kann zuhören, habe reden gelernt. Bin ein bisschen verrückt und gern spontan. Habe Phantasie, bin kreativ.

Bin allein auf einer Weltreise gewesen, habe vier Kontinente besucht. Auch sonst kenne ich einige Länder und Städte, gehe gern in Museen, tolle Läden – aber mindestens so gern wandere oder radle ich durch Landschaften. Einsamkeit in der Natur, Bäume, Steine – Ruhe aufsaugen – einfach klasse.

Bin erfolgreich, flexibel und vielseitig im Berufsleben. Habe eine Wohnung, die mit Witz und nach meinem Stil eingerichtet ist. Besitze ein Auto.

Genau. Ich bin einfach klasse. Eine Power-Frau auf allen Ebenen. Und – ich bin allein.

Die Kehrseite der Medaille

Demnächst werde ich 35 Jahre alt. Kenne das Gefühl, einsam zu sein. Zu Hause sitzen, auf Anrufe und Besuch warten, heulen und toben. Um 20 Uhr ins Bett legen, die Decke über den Kopf ziehen wollen. Warum hat keiner Zeit? In Selbstmitleid zerfließen. Sich fragen: Warum nur, warum ich?

Mein Bauch und mein Hintern sind zu dick, meine Haare sehen beschissen aus. Ich kann mich für nichts entscheiden, fühl mich kopflos. Aber nie herzlos!

Bin nicht perfekt, zweifle an mir. Bin perfektionistisch, manchmal muss alles stimmen. Will vieles wissen und kennen – okay, wenn ich so 85 bin.

Bürokratie ist mir ein Greuel: Meine Dienstreiseanträge kommen immer zu spät zur Unterschrift; das Finanzamt schickt leider keine Mahnungen, was schon fast zur Stilllegung meines Autos geführt hätte; meinen Gehaltszettel und meine Kontoauszüge pfeffere ich in die Ecke, nachdem ich den Endbetrag wohlwollend oder erschreckt gelesen habe. Wie er zustande kommt, interessiert mich nicht.

Ich kämpfe für meine Rechte. Oft nur mit 'ner großen Klappe bei Freunden. Aber ich arbeite daran.

Ich habe Falten um die Augen. Wenn ich nett zu mir bin, ist's wegen des vielen Lachens. Letzte Woche bin ich auf gut 37 geschätzt worden.

Ich mag Komplimente und Lob. Also ehrlich, wer mag das nicht? Ich reiß mir oft meine Nagelbetten ein, spiele mit der Zunge an den Zähnen.

Ich lass mir nicht gerne helfen und ich bitte auch nicht gern um Hilfe. Denn eigentlich kann ich ja alles allein. Warum auch nicht? Ich bin ja allein.

Alltag

Am schlimmsten sind die Und-ewig-grüßt-das-Murmel-tier-Tage. Immer das gleiche, nichts passiert, ein Tag wie der andere. Ein verschenkter Tag. Was erlaube ich mir, Tage zu verschenken. Es gibt so viele Tage. Jeder soll besonders sein, einmalig. Geht nicht? Ich will das aber. An so einem Tag ist der Frust am größten. Es ist wie ein Großkampftag. Je mehr ich kämpfe, desto öder wird's, umso bewusster wird der Alltag.

Alltag – ein Wort, fast so schlimm wie Büro oder 38,5-Stunden-Woche. So normal, so begrenzt, einschränkend, erdrückend. Ich will ausbrechen. Und gleichzeitig sehne ich mich nach einem Platz, an den ich gehöre, einem Ruhe- und Mittelpunkt nur für mich. Und auch ich will Mittelpunkt für jemanden sein. Nehmen und Geben.

Genug philosophiert. Ins Leben eintauchen ist mein Thema, und wie das aussieht, kennt fast jede in den Dreißigern. (Hallo Gabi, Bine, Geli, Susi, Diana ...)

Er sucht sie!

Samstagabend! Die neue *Zypresse* in der Hand liege ich im Bett. Wohnung, Auto, Arbeit sind vorhanden, fehlt nur ein Mann. *Die Zeit* ist auch gut dafür, aber nicht zur Hand und in der *Zypresse* annoncieren Männer aus greifbarer Umgebung.

›NR‹

Nichtraucher. Intolerant, abgehakt.

›Süße Frau zwischen 25 und 30 ges.‹

Intolerant, alter Schnösel, bist ja selbst schon vierzig; Blödmann, geiler Sack, alter Bock.

›Verheiratet‹

Nein, danke.

›Sensibler Träumer sucht ...‹

Ja, such du nur.

›Bin für alles offen.‹

Na, ein bisschen genauer könnt's schon sein.

Zu jung, zu alt. Zu klein, zu schwer, zu dünn. Oh Mann, ich bin so klasse und die Männer sind so langweilig und gewöhnlich. Halt, das ist ja ... na ja. Weiterlesen.

Mhm, was war das noch einmal: ›m, 34‹, ja, passend.

›Regen und Sternenhimmel, wer errät, wie ich das mache, darf mich kennen lernen.‹

Regen und Sternenhimmel. Blödsinn. Weiter.

›Gemeinsam bei Kerzenlicht träumen.‹

›Ehrliche und einfühlsame Frau gesucht.‹

Oh Gott, ist das abgedroschen. Les ich lieber in meinem Buch weiter: ›..., wenn es nicht kälter würde, müssten sie bald die Schlitten abladen und das Zelt ...‹ Regen und Sternenhimmel. Dafür gibt es mehr als eine Lösung.

Schnell 'nen Zettel geholt. Jetzt häng ich schon das fünfte Mal an dieser Anzeige. Dem schreib ich. Ist nur die Frage, welche Lösung biete ich? Was ist witzig, interessant, spannend?

Badezimmer! Ein Badezimmer mit 127 fluoreszierenden Sternen vollgeklebt, der Brausekopf in eine Schaumstoffwolke gehüllt und der Typ im Ostfriesennerz oder ohne und dann zaubert er - für mich. Klasse, das zieht sicher. Aber so einfach will ich es ihm ja nicht machen. Der soll ja auch auf mich neugierig werden.

Also ein Rätsel für ihn: ›Wenn du errätst, wo ich im November picknicken will ... Antwort in der nächsten

Zypresse!‹

Rase am nächsten Abend von der Arbeit direkt zur Redaktion und werfe dort meinen Brief ein. Jetzt heißt es warten. Ich hasse warten.

Am Samstag habe ich Besuch. Vergesse zunächst ganz, in die *Zypresse* zu schauen. Geholt habe ich mir natürlich eine. Kurz nach Mitternacht fällt es mir wieder ein. – Begegnung: Mitteilungen. Nichts, nichts, nichts. ›Badezimmer.‹ Badezimmer?

Bin hellwach. Meine Lösung war originell, aber nicht richtig. Picknick im Botanischen Garten, in einer Schlossruine oder im Heißluftballon. Huh, super! Hört sich alles drei klasse an.

Könnte tanzen, singen, rauchen, 'nen Schnaps trinken. Nebenan liegt aber mein Besuch. Kann nicht ruhig liegen bleiben. Fang ein Gespräch von Bett zu Matratze an. Reden über Wohnungen, Architektur, meine Hängematte, die ich so gerne aufhängen würde. Jetzt noch viel lieber und am besten gleich. Um 3:30 Uhr hab ich genug gequatscht. Herzschlag wieder normal. Mir ist kalt und ich bin müde.

»Gute Nacht!«

Weiß noch immer nicht mehr von dem Typ. Kein Name, keine Adresse. Was tun? - Anzeigenannahme verpasse ich. Scheiß Arbeitsstress. Postlagernd! Ja, das ist die Idee. Auf der Post erkläre ich mein Problem. Würde gern Post bekommen ohne meine Adresse bekannt zu geben. Postlagernd mit Kennwort. Ja, genau so. Aber was heißt Kennwort. Na, irgendein Kennwort. Draußen regnet es in Strömen und es ist saukalt.

»Blümchen?«

»Bitte?«

»Also zum Beispiel Blümchen, postlagernd?«

Der Postbeamte schaut mich mit gerunzelter Stirn an und wiederholt:

»Blümchen, postlagernd? Ja, das geht.«

Blümchen, so ein Schwachsinn. Aber was sonst? Na, warum eigentlich nicht ›Blümchen‹?

Zu Hause verfasse ich einen Brief mit Aufgaben, Rätseln, gemaltem Bild. Witzig, phantasievoll, sprühend. Wieder nachts zum Verlagshaus und nur gleich den Brief eingeworfen. Es ist Dienstagabend.

Montag kommender Woche gehe ich stolz und selbstbewusst, aber mit Herzklopfen zur Post. Ja, tagelang habe ich meine Neugier gezügelt. Es ist elf Uhr und ich habe meiner Mitarbeiterin erzählt, ich müsse was erledigen.

»Guten Tag! Ich möchte fragen, ob ein postlagernder Brief unter ›Blümchen‹ angekommen ist.«

Das Kennwort scheint weder der Situation, noch meinem Alter angemessen zu sein. Blöd grinsend, nachdem mich der Postler von oben bis unten gemustert hat, schaut er die eingegangenen Briefe durch.

»Nein. Nichts dabei.«

Dienstag, Mittwoch genau das gleiche. Donnerstag habe ich schon 'ne Wut. Rechne mal zu Gunsten von Wie-immer-er-heißen-mag und manchmal mosere ich ihn in Gedanken schon für seine Lahmheit, Untreue und Unzuverlässigkeit an. Anderer Schalter, mal eine Frau ausgesucht. Der gleiche amüsierte, überrascht-zweifelnde Blick, die gleiche Antwort.

»Entschuldigen Sie, aber Ihr Kollege hat gestern in einem anderen Fach nachgesehen.«

Genervter Blick. Durchsehen von Briefen.

»Nein, nichts!«

Schleiche aus der Post. Habe das Gefühl, alle glotzen mir mitleidig nach.

Am Freitag verpasse ich meinen 11-Uhr-Termin. So richtig vertrauensvoll geh ich der Sache auch nicht mehr entgegen. Um 16:30 Uhr schaufle ich mir Zeit frei, murmle kleinlaut was von einem wichtigen Termin, betrete mit einem gleichgültigen Gesicht die Post, stelle fast schon gelangweilt, aber auch leicht säuerlich meine tägliche Frage. Bin innerlich schon am Rausgehen. Will die Antwort – kenn sie ja schon – gar nicht hören.

»Bitte schön!«

Ein Brief. Recyclingpapierumschlag. Schöne Briefmarken. Absender mit Name und Adresse. Oh Gott, er hat geschrieben.

Wo soll ich *diesen* Brief nur lesen? Ruhig muss es sein, ohne Menschen, feierlich. Die Bank auf dem Spielplatz unter der großen Kastanie fällt mir ein. Es ist kalt. Kinder sind keine da. Erst 'ne Zigarette drehen und anzünden. Mit dem Schlüssel den Umschlag öffnen.

Boah – ein richtiger Brief. Lese ihn einmal – zweimal – dreimal. Hat sich extra einen Füller gekauft. Will mich – mich! – unbedingt kennen lernen. Ist gespannt, neugierig, von mir begeistert. Na, und ich erst. Der Brief ist einfach süß. Les ihn noch ein viertes Mal. Soll ihn – Uwe heißt er – groß und blond, anrufen. Und ob ich dich anrufe.

Alle Antworten auf meine Fragen und Rätsel waren einfach klasse. Zwei Rechtschreibfehler hab ich entdeckt. Pedantin. Haben nicht alle Germanistik studiert und unterrichten deutsche Rechtschreibung und Grammatik.

Wann soll ich ihn anrufen? Heute nicht. Am Wochenende krieg ich Besuch. Montag, vielleicht auch erst Dienstag. Abwarten. Spannung aufbauen.

Noch mehr Spannung? Männer brauchen Zeit. Sollst du haben. Gebe ich dir. Du hörst dich interessant an. Da soll einfach alles stimmen.

Wo, wann, wie verabrede ich mich? Was ziehe ich an? Alle Freundinnen werden befragt, genervt. Maren hat die beste Idee. Treffpunkt Kino, ›In Sachen Liebe‹. So ’n Mist, der läuft nicht mehr.

Und was zieh ich an? Minirock oder Jeans? Bunt oder gedeckt? Welche Brille ...? Orangefarbener Minirock, mit Grau kombiniert und meine Blümchenschuhe. (Nenn sie immer so, eigentlich sind Früchte drauf.)

Montag habe ich keine Zeit. Keine Zeit, ’nen Typen anzurufen. Unfassbar. Tick ich noch richtig? Dienstagabend schenk ich mir einen Drambuie ein, dreh ’ne Zigarette für danach. Werde natürlich beim Telefonat nicht rauchen. Vielleicht kann er das ja nicht ausstehen. Wähle die Nummer – hab noch mal schnell den Brief gelesen, um mich einzustimmen.

Tut – tut.

»Ja, hallo, Uwe.«

»Hallo, hier ist Stefanie, also Blümchen.«

Er kann es kaum glauben, dass ich mich noch melde. Hatte schon fast die freudige Erwartung und Hoffnung aufgegeben. Ist begeistert. Will mich immer noch kennen lernen. Hat so auf meinen Anruf gewartet.

Wir quatschen und er hört sich nett an, richtig süß. Am nächsten Tag hat er keine Zeit, aber Montag. Montag im neuen großen Kino in ›Shooting Fish‹. Beide kennen wir weder das Kino noch den Film, aber Kino an sich mag er und die Idee sich dort zu treffen, findet er witzig.

»Ich hinterleg dir deine Karte an der Kasse.« Mehr sage ich nicht mehr.

Also, dann bis Montag. Das ist noch eine Ewigkeit.

Rufe meine Freundinnen an und schwärme von Uwe. Wenn der kein Glücksgriff ist, wer dann? 190 groß und blond. Na, nicht schlecht.

Die folgenden Tage sind mit Arbeit angefüllt und so bleibt nicht viel Zeit zum Nervöswerden. Aber immer noch genug Zeit, um alle Freundinnen und Freunde mit Fragen zu nerven.

»Was zieh ich nun wirklich an? Was sag ich? Wo gehen wir nach dem Kino hin? ...«

Sie necken mich und sagen, sie kämen auch ins Kino. Natürlich habe ich jedem erzählt, wann und wo meine Verabredung stattfindet. Alle wollen sie Uwe kennen lernen. Uwe, das Prachtexemplar, der Einfühlsame, Romantisch-Direkte, der echt was investiert.

Montag läuft alles schief. Komme ziemlich spät von der Arbeit los. Auf der Autobahn ist Stau. Nie ist Stau (haha), nur heute. Ausgerechnet heute. Weiche auf die B 3 aus und hänge im Feierabendverkehr.

Zu Hause reiße ich schon an der Wohnungstür die Kleider von mir, hopse unter die Dusche, zieh mein knall-orangefarbenes Minikleid, kombiniert mit Grau, und die randlose Brille an. (»Zu viel musst du ihm ja nicht gleich zumuten!«, war der Kommentar von Susi.)

Das Telefon klingelt. Eine Studienkollegin, von der ich seit einem Jahr nichts gehört habe. Würge sie ab und verspreche ihr, sie morgen im fernen Thüringen anzurufen.

Sause los, quer durch die Stadt mit der Bahn. Auto ist zu riskant, im Winter findet man fast keinen Parkplatz und fürs Rad ist's zu kalt.

Kurz nach halb acht komme ich an, laufe einmal um den Pudding, sprich den neuen Kinokomplex, da ich nicht weiß, wo der Eingang ist. Bin fast wieder an der

Haltestelle und da ist dann auch schon die Kinotür. Fünf Minuten verschenkt.

Und dann der Schock. Das Kino ist gigantisch. Hunderte von Menschen – auch große, blonde Männer – Uwe? – Drei Kinokassen, drei (!) und eine Information. Hilfe, wo bekomme ich meine Karten? Frage an der Info.

Ja, da bin ich richtig. Nenne meine Nummer. Nichts. Nenne Kino und Film.

»Sorry, wir hinterlegen die Karten nur bis eine halbe Stunde vor Filmbeginn. Sie sind zu spät. Wir haben sie gerade frei gegeben.«

Ich schau die junge Frau ungläubig an. Sie lächelt und sagt ruhig, dass es noch Karten gebe. Ich atme tief durch. Gut, dann zwei, Sperrsitz, Mitte. Kein Problem. Ich bezahle und sage, dass ich gerne eine hinterlegen würde, wisse jetzt aber nicht wo. Ja, das sei nicht so einfach, ohne Nummer.

Tja, und dann wüsste ich auch nicht, wann und ob meine Verabredung käme.

»Bitte?« – ungläubiger Blick.

Mhm, ja, öh, es handele sich um ein Blind Date. Sie schaut mitleidig, der Typ neben ihr grinst sich einen. Komme mir bescheuert vor.

Da steh ich nun, habe zwei Kinokarten und weiß nicht, wem ich die zweite in die Hand drücken soll. Konzentrier dich, Stefanie, lass dir was einfallen. Großes Kino, drei Kassen, eine Info. Du hast dir die Info rausgesucht, also wird Uwe das auch tun. Frag die andere Frau an der Info, ob sie einen Zettel hat. Schreibe ein Briefchen:

›Wenn du das liest, hast du mich schon fast gefunden.‹ Lege die Kinokarte dazu und gebe es der

Braunhaarigen.

Erzähle ihr, dass ich auf die Intelligenz und Pfiffigkeit von einem bestimmten, aber mir gänzlich unbekannten, großen, blonden Typen hoffen müsse und dass dieser zudem nicht wisse, unter welchem Stichwort er nach der Karte fragen soll. Ja, das habe ich auch vergessen, mit ihm auszumachen. Habe seinen Namen auf das Briefchen geschrieben. Blümchen fand ich nun allmählich unpassend.

»Oh Gott, na dann, viel Glück!«, sagt die junge Frau.

Ich bedanke mich. Glück kann ich nun wirklich brauchen.

Wenn meine seltene Blödheit dazu führen sollte, dass ich Uwe nicht kennen lerne ... Halt, dann ist er blöd. Ich, ich bin klasse, sehe gut aus. Spreche mir Mut zu, dreh mir 'ne Zigarette und rufe entnervt Susi aus der Telefonzelle vor dem Kino an. Sie lacht, seufzt, leidet mit, drückt mir die Daumen und ist auf alle Fälle den ganzen Abend zu Hause.

Na dann, auf ins Vergnügen.

Der Kinosaal ist nicht all zu groß und ich habe einen idealen Blick auf den Eingang. Pärchen, Einzelne kommen und nehmen irgendwo Platz. Das Licht geht aus, die Werbung beginnt.

Wie lange warte ich denn? Sehe ich mir den Film auch allein an oder ruf ich dann Uwe an und mach ihn rund? Vielleicht ist ja was dazwischen gekommen? Er kennt nur meinen Vornamen, keine Adresse und keine Telefonnummer. Na, toll organisiert.

Die Tür geht auf. Eine Dreiergruppe, dann ein Einzelner, klein und dunkelhaarig, ein Pärchen, noch ein Pärchen. Und dann kommt ein großer Blonder – allein, schaut sich um. Das ist er – ich weiß es sofort und ich weiß auch im gleichen Moment: Das ist er nicht. Oder besser: Das ist nicht *er*. Nicht *der* Mann. Er kommt auf mich zu:

»Stefanie?«

»Ja, hallo Uwe.«

Er zieht die Jacke aus und setzt sich neben mich. Nein, der ist es nicht. Warum nicht? Ich kann es nicht sagen, ich fühl es nur.

Er hat extra Gummibärchen mitgebracht. Lauter kleine Tütchen mit ganz viel gelben drin. Ich hatte in einem meiner Briefe behauptet, dass dies meine Lieblingsgummibärchen seien.

Er findet meine Schuhe witzig und dann geht auch schon der Film los. Ab und zu werfe ich mal einen kurzen Blick nach links. Nein, er ist es noch immer nicht. Der Film ist witzig und kurzweilig und dann zu Ende. Ähm – und jetzt?

»Gehen wir noch ins Hemingway?«.

»Ja, gute Idee.«

Hemingway, Cocktailbar, aber verdammt, wo ist die? Hab keine Ahnung. Na, er wird's schon wissen.

Uwe fragt, ob ich nicht furchtbar friere, bei der Temperatur im Mini. Ich? Quatsch! Meine Zähne klappern immer so.

Zum Glück ist es nicht weit. Genau neben der Post, eine Hotelbar. Schon der gold- und glasglänzende Eingang! Na, muss eigentlich nicht sein. Bin eher freaky drauf in letzter Zeit. Aber was soll's.

Und jetzt, was nehme ich? Meine Cocktail-Kenntnisse sind mäßig. Ich trink sie wahnsinnig gern, kann mich aber nie an Namen und Zusammensetzung erinnern. Juhu, es gibt Caipirinha. Den kenn ich und den lieb ich.

»Urlaubserinnerungen?«

»Ja, auch.«

Und so kommen wir ins Reden. Über Venezuela, Job, Kochen, Theater. Eigentlich ganz witzig, viele Gemeinsamkeiten, aber auch unterschiedliche Erinnerungen und Erfahrungen.

Wir sprechen auch über Kontaktanzeigen: Dass mein Brief der phantasievollste und offenste war, richtig toll.

Eigentlich ist nett. Nicht mehr. Kein Härchen stellt sich auf, kein Kribbeln meldet sich. Uwe, du bist es nicht, denke ich. Sagen tu ich nichts in der Richtung, bleibe nett, witzig, frech, unterhaltsam, immer ein paar Zentimeter auf Distanz.

Auch der Kakao mit Schuss schafft es nicht, mein Herz zum schneller Schlagen zu verführen. Uwes Gestik und Mimik: Er ist mir fremd und ich verspüre keinen Reiz, ihn kennen zu lernen. Bin noch nicht einmal richtig enttäuscht. Ist alles einfach nur neutral.

Wir beschließen, einmal zusammen zu kochen, er bezahlt, zeigt mir auf dem Weg zu seinem Auto das Mini-Briefchen, das ich ihm am Wochenende als Ich-freu-mich-auf-unser-Treffen-Signal in den Briefkasten gesteckt hatte und das er als Erkennungszeichen mitgebracht hat, fährt mich zu meiner Haltestelle.

Ich bedanke mich, gebe ihm die Hand und wir verabreden, Anfang Dezember zu telefonieren wegen der Kochaktion. Ja, und das war's dann eigentlich.

Schon zwei Tagen später, als Katja aufgeregt anruft und fragt, wie's denn war, muss ich nachfragen:

»Was war wie?«

Sie ganz entrüstet »Na, die Aktion Blümchen!«

»Blümchen?? Ach, Uwe! Nö, Er war's nicht.«

Er hat sich nie mehr gemeldet. Ich mich auch nicht.

Ausgehen - alleine - Anmache

Ins Nachtleben eintauchen heißt für mich meist alleine fortgehen. Sich spät abends chic machen oder fetzig anziehen. Schwarz ist immer gut. Passt immer und überall. Doch ich bin eher bunt drauf, bin der so genannte bunte Hund in der Schar der grau-schwarz-braunen Masse. Allein sein fällt schon auf und dann noch zu leuchten, wirkt doppelt. Starke Nerven bedarf's und ein, zwei Bier. Dann kann's richtig losgehen.

Vier Möglichkeiten gibt es: Ich bleibe allein, glotze rum, amüsiere mich über die anderen, schaue gefrustet weg, wenn mal wieder zwei Zungen in der Nähe miteinander spielen, trinke noch 'n Bier tanze.

Oder ich werde angequatscht. Da gibt es dann zwei Spielarten:

»Hallo, willst du tanzen?«

Man bemerke, dass ich schon seit 25 Minuten wie wild am Rumhopsen, Hüfte wiegen, Beine und Arme verbiegen bin - und zwar auf der Tanzfläche.

»Du Deutsch? Du allein? Du aus Freiburg? Du hast Telefon? Gib mir dein Nummer, dann können wir mal Kaffee trinken oder ich dich massieren. Du wunderschöne Frau. Du kommen mit mir, dann du nicht mehr allein.« Endlos geht die Reihe weiter. Hartnäckig, auch wenn ich zu allem ›Nein‹ sage, keine Lust habe, gerne allein tanze, einfach nur in Ruhe mein Bier trinken will. Ist dann endlich einer abgewimmelt, stehen gelassen, fort gejagt, steht schon der Nächste da, schleicht sich von hinten an, glotzt, bis ich kurz lächele (gute Erziehung und so) und bumm, geht's von vorne los. Wenn nicht auf Deutsch, dann auf Englisch oder Französisch und auch der mehrfache Hinweis, kein Französisch zu können, hilft nicht, die Penetranz abzukürzen.

Eigentlich halte ich mich für tolerant, weltoffen, neugierig und an allen Menschen interessiert. Wenn man als Frau alleine in die Szene abtaucht, bleibt bald das ›eigentlich‹ nicht mehr bestehen.

In meinem nächsten Sprachkurs für Ausländer wird die erste Lektion das Tempo deutscher Frauen sein. Umschmeicheln, Komplimente sind toll, aber ›Nein!‹ heißt nein, auch bei einer Frau, die alleine, wenn auch vielleicht auf der Suche ist. Sollte ›Nein!‹ nur eine Herausforderung zum Weitermachen sein, kann Mann dies klar an Gestik, Mimik und geringem Flucht- und Aggressionsverhalten erkennen.

Nein, ich bin nicht ausländerfeindlich, aber die Anmache der ausländischen Männer, die nachts unterwegs sind, entspricht nicht dem, was ich will.

Die dritte Möglichkeit des weiteren Verlaufs eines Abends ist geprägt von der Anmache einheimischer Männer. Sie wissen – dank (?) der Emanzipation –, dass wir Frauen kein Wild zum Erlegen sind. Wir wollen was anderes, Subtileres geboten bekommen. Aber Männer, nicht erst kurz vor dem Heimgehen. Die Nacht ist so lang und allein oft so einsam.

Bis diese Männer sich vergewissert haben, dass Frau wirklich allein unterwegs ist, trotzdem raucht, tanzt, Bier trinkt und gut drauf ist, vergehen kostbare Stunden.

Dann beginnt wohl die Phase des Grübelns: Warum ist so eine Frau alleine unterwegs? Hilfe, was will sie? Was kann ich alles falsch machen?

Nichts machen ist der erste Fehler. Mehr als ein Blick, ein Lächeln, die Bitte um Feuer, in der Nähe tanzen, nee, Männer, mehr komm ich euch nicht entgegen.

Endlich traut sich einer.

»Was, alleine da? Warum denn das?«

Verhör erster Teil. Ich beginne mich zu rechtfertigen.

»Das ist ja echt mutig.«

Schon am Ton höre ich das Beleidigtsein. Mut ist Männersache.

»Ist das nicht langweilig?«

Drei Möglichkeiten zu reagieren: Ist der Typ interessant, dann gibt's 'ne charmante Antwort.

»Jetzt auf alle Fälle nicht mehr.«

Ist er nur Mittelklasse, dann gibt's nur ein knappes ›Nein‹. Bin ich noch nicht entschieden, fallen mir irgendwelche Allgemeinplätze ein, die sich mehr oder weniger lange ausschmücken lassen. Der Abend gestaltet sich dann je nach Lust und Frust. Doch dazu später.

Der spannendste, herzklopfendste, aber 100 % selbstbestimmte Lösungsansatz für die Abendgestaltung ist der, selbst Leute anzuquatschen. Mal witzig, mal direkt. Bin da etwas aus der Übung. Mit 17, 18 hab ich das öfter gemacht. Aber ganz verlernt habe ich das nicht.

»Hallo, ich heiße Stefanie. Ich möchte gerne neue Leute kennen lernen. Wie heißt ihr denn?«

Wenn das Gegenüber keine Frau ist, sollte frau besser eine Gruppe von zwei oder drei anquatschen, ein Mann allein erträgt diese direkte Art nicht. Einer von denen sollte nett aussehen. Leider ist er nicht immer der beste Unterhalter etc. Aber ich bin ja alleine unterwegs und wenn's zu heiß, öd, langweilig, aufdringlich wird, mach ich einfach 'ne Fliege.

Okay, ich bin auf der Suche. Gehe alleine fort und (fast) immer allein nach Hause. Das ›fast‹ ist absolute Ausnahme und wird hoffentlich bald ganz gestrichen, denn finden kann man auf diese Art zwar einen Mann, aber eindeutig nicht binden.

Frust und Lust

Komisch, dass die beiden Worte sich reimen, oder eher logisch, denn die beiden Gefühle sind eng verbunden.

Seltener entsteht aus Frust zwar Lust, denn dazu muss erst Frustration abgebaut und in Aktion umgesetzt werden, aber dann ist ja kein Frust mehr da.

Andersrum ereignet es sich viel häufiger. Man hat Lust, egal worauf, kann sie nicht umsetzen und befriedigen und landet beim Frust. Es gibt dabei aber auch längere Wege. Nur ein Beispiel dafür: Ich habe Lust, sexuelle Lust, Lust auf Nähe und Zärtlichkeit, auf Kuscheln und Schmusen. Mehr muss nicht sein, Anheizen reicht, steigert die Lust, sich dann Weiteres zu verkneifen ist richtig lustvoll und ich würde dieses Gefühl gerne mitnehmen, nach und nach genießen.

Gut gelaunt und unternehmungslustig ziehe ich los. Erst mal abchecken, was so geboten ist, wer zum Flirten interessant und bereit sein könnte.

Am besten ist es, sich zwei, drei Männer dafür auszuschauen und dann die Blickkontakte und die Annäherungen von Zeit zu Zeit zu wechseln. Erstens steigert das die Lust, zweitens bietet es Auswahl. Dann fehlt nur noch ein Grund, um ins Gespräch zu kommen. Verbales Flirten kann beginnen, näher rücken, wegrücken, näher, weg, nachkommen lassen. Das übliche Spiel.

Es fängt an zu kribbeln, die zufälligen Berührungen nehmen zu, werden länger, ebenso die Blicke und das Lächeln.

Dann setzt eine bestimmte Art von Sprachlosigkeit ein, das Lächeln geht in dämliches Grinsen über. Wer macht den nächsten Schritt? Ich habe genug Bereitschaft gezeigt, jetzt ist er dran.

Mhm, klasse! Er hat angebissen, im wahrsten Sinn des Wortes. Er knabbert an meinem Ohr, Hals, an meiner Lippe. Fühlt sich gut an. Macht Spaß! Mache mit.

Wusch – und schon geht das Licht an, die Musik hört auf, alle gehen.

Falls der Morgen noch nicht graut, gibt's die Möglichkeit, weiter zu ziehen – zu zweit: tanzen, flirten, knutschen. Doch das verzögert nur den Abschied, der bis jetzt immer so ist, wie ich es nicht will.

»Wenn du willst, geh ich noch mit zu dir.«

Nein, verdammt nein. Ich will nicht, dass du mit zu mir gehst oder ich zu dir – nein. Also, ich will schon, aber nicht jetzt, nicht heute Nacht.

Warum denn nur so schnell? Warum kann Mann nicht fragen, ob ich am Sonntagmorgen mit frühstücken gehe. Warum kann er mich nicht für den kommenden Abend ins Kino einladen, zu seiner Geburtstagsfete, zur Hochzeit seines besten Kumpels, zum Schlittenfahren, Badminton – ach, tausend Dinge würde ich mitmachen, aber nicht mit ihm ins Bett gehen. Nicht heute Nacht!

»Na dann, schön war's. Mach's gut.«

Ja, schön war's. Noch 'nen langen Kuss, eine Umarmung, ein Blick, der dankt, entschuldigt ... Und – tschüss.

Die Lust ist geweckt. Die Knie sind Pudding (Bier und Küsse sind dafür 'ne gute Mischung). Ich fühl mich gut, begehrt, bin stolz, dass ich die Kurve gekriegt habe ... vielleicht sollte ich umdrehen, noch ein bisschen weiter schmusen, ihn doch mitnehmen oder mitgehen, eigentlich ist er richtig süß.

Nein! Heim geht's! Ne schnelle Nummer kannst du immer haben, aber das willst du ja nicht und die Küsse haben gut geschmeckt und gut getan. Genug! Genug?

Und Morgen? Oho, Frust, ich hör dich kommen.

Das ist nur die kleine Form von Frust. Das wahre Einsamkeitsgefühl bricht am Tag danach aus, d. h., wenn ich meine Lust nicht zügeln konnte und mehr zugelassen habe.

Einen Mann mit nach Hause nehmen, heißt nicht unbedingt, mit ihm zu schlafen, aber doch neben ihm einzuschlafen. Und dann verlässt er mich nicht in der Bierlaune, sondern wenn es hell ist, wenn der Alltag, mein alltägliches Leben um mich sind.

Er ist nicht in mich eingedrungen, aber in meine Wohnung, mein Bett, meine Welt. Und wenn er dann gegangen ist, riecht das Kopfkissen nach ihm, steht ein Glas rum, aus dem er getrunken hat, hat er Spuren hinterlassen. Reelle Zeichen. Er ist präsent, auch wenn er schon lange weg ist.

Und spät abends, wenn ich alleine ins Bett krieche, rieche ich ihn: seine Haut, seine Haare, seinen Körper, seine Zärtlichkeit, seine Lust, meine Lust. Und dann meldet sich der wahre Frust. Der Frust mischt sich mit Sehnsucht und Träumen. Überlegungen, ob und wo ich den Typ wieder finden kann.

Nein, er ist nicht ganz mein Typ, das weiß ich schon, sonst hätte ich ihn nicht so einfach gehen lassen, hätte mehr gegeben und genommen. Aber nett war er, gut angefühlt hat er sich.

Was wird er machen, wenn wir uns zufällig begegnen? Was werde ich machen? Kurz grüßen? Durch die Locken wuscheln? Anquatschen, um den Hals fallen? Vorbeigehen? Ob er überhaupt noch weiß, wie ich heiße? Oh, fuck, vergiss es, Frust lass nach.

Angebot und Nachfrage: Silvester

Schon vergangenes Jahr war nicht klar, wie der Silvesterabend verlaufen sollte. Aber ich habe ja gute Freundinnen. Und wenn dann noch eine einen Bruder hat, der gerade an Beziehungsfrust leidet, furchtbar nett und eben nun auch mal einsam ist, na dann ...

Ein paar Telefonate von Geli und die Verabredung war gebongt. Ihr Bruder reiste aus München an. Ich kannte ihn flüchtig, fand ihn nett und interessant, aber bisher immer besetzt. Zwei einsame Herzen: Top oder Flop?

Es wurde ein witziger Abend, der sich über fünf Tage und Nächte (!) ausdehnte. Aber - was schnell beginnt, währt selten lang.

Und dieses Jahr?

Das Fest der Liebe – Weihnachten – ist vorbei. Ging gut rum. Familie, ausschlafen, Kino, tanzen, Familie. Silvester naht. Droht? Quatsch!

Fünf Tage vor Heiligabend haben Gabi und ich die glorreiche Idee, uns die passenden Angebote (Männer) quasi frei Haus liefern zu lassen.

›Silvester – wo, wie, was? Eine Frau und noch 'ne Frau haben Lust auf kunterbunten Abend.‹, lautet der Text, mit dem wir Männer fangen wollen.

Wieder bewahrheitet sich, wie nah der Frust am Reimwort Lust klebt. Unsere Ausbeute ist überwältigend. Null!! Argumente, um das Warum zu begründen finden wir ausreichend: Zu spät inseriert, Chiffre – wer setzt sich schon über Weihnachten hin und schreibt – alle sind verreist ...

Ein ehemaliger Studienkollege frotzelt: »Was, ihr müsst inserieren? Habt wohl keine Angebote, hähä!«

Danke, einfach charmant. Nein, an mangelnden Angeboten liegt es nicht. Aber nicht die Quantität, sondern die Qualität macht's.

Eigentlich sind die Möglichkeiten, Silvester zu feiern, gut: zwei Feten, Hochzeit eines Freundes in Amerika, Party in Spanien.

Single-(Frauen) haben manchmal aber einen Wunsch. Nur manchmal, nicht immer, aber immer öfter: Ins neue Jahr mit einem tiefen Blick in wunderschöne Augen, einem Kuss, der Ewigkeit verspricht, Sekt, der perlend von Mund zu Mund fließt ...

Gut, es sind noch zwei Tage. Amerika und Spanien müssen schnell entschieden werden. Nachher ... bald ...

Harry und Sally

Gute Freunde! Ich liebe sie!

Kann ein Mann einer Frau ein schöneres Geschenk, eine warmherzigere Offenbarung seiner Zuneigung am Ende einer Beziehung machen, als wenn er sagt: »Ich möchte, dass wir immer gute Freunde sind.«

Ich bin stolz, zwei, drei dieser guten Freunde zu haben. Sie sind immer bei mir. Sie suchen die Klamotten aus, die ich mir kaufe, sie lassen mich Sport treiben, um fit zu sein für gemeinsame Wander- und Radtouren, sie wählen das passende Getränk, sie helfen ganz sicher beim Umzug – also ganz sicher beim nächsten.

Sie schreiben und rufen einen an, dass man sich vor Post und Telefongeklingel kaum retten kann: einmal im Jahr, boah, vielleicht noch mal zum Geburtstag.

Sie sind immer für einen da. Klar, Mensch, wir sind doch gute Freunde. Da muss man sich nicht immer sehen, da gibt es eine tiefe innere Verbindung.

Sie würden einen ja so gern einmal wieder besuchen, also wenn sie gerade mal in der Nähe sind, vielleicht einen Kaffee trinken, einen Schwofen gehen. Super, sie können gern auch übernachten. Es gibt 'ne Gästematratze.

Sie haben einen Anrufbeantworter oder eine Freundin, der/die ihnen zuverlässig oder zähneknirschend erzählt, dass Ex-Frau schon zum x-ten Mal angerufen hat und um Rückruf bittet. Nein, es gibt keinen Grund dafür. Warum sollte ich einem guten Freund mit Kummer und Sorgen belasten, er spürt und weiß schon, wann sein Typ gefragt ist.

Ganz besonders liebe ich meine guten Freunde, wenn sie mich zur Wohnungseinweihungsfete (»Nein, eigentlich wollte ich nie mit einer Frau zusammenziehen.«), zur Hochzeit (»Nein, eigentlich wollte ich nie heiraten, das weißt du ja. Also auf alle Fälle nicht so schnell.«) oder ähnlichen Anlässen einladen.

Ich schwöre, wenn mich einer meiner guten Freunde je fragt, ob ich nicht Patin seines Kindes werden will, dann wird er endlich die Ohrfeige bekommen, die ich ihm spätestens dann hätte geben sollen, als er sagte: »Lass uns gute Freunde sein.«

Ja, ich liebe sie wirklich. Sie sind so beständig. Beständig abwesend, unerreichbar, unzuverlässig.

(Als ich kürzlich einen meiner guten Freunde am Telefon bei seiner Familie erreichte, musste er nur dreimal nachfragen, wer dran sei. Seine Schwester hatte es sofort kapiert. Ist ja auch 'ne Frau und 'ne gute Freund*in*.)

Männerängste

88 % der Männer haben laut einer Umfrage Angst vor Frauen. Sie haben Annährungsangst und trauen sich deshalb nicht, eine Frau anzusprechen.

Dass Frauen ihre sexuellen Wünsche artikulieren, bedroht sie. Wenn Frau Interesse signalisiert, wird sie als leichte Beute gesehen und sie wenden sich aus Angst ab.

Und wie kann frau ihm helfen? Sich helfen lassen, um Rat bitten, schwach sein und ihn beim Flirten nicht überfordern. Haben Frauen dafür gekämpft? Hat man uns dazu erzogen? Väter sind stolz auf ihre selbständigen und erfolgreichen Töchter.

Ist es das, was wir erreichen wollten? Klar habe ich Schwächen und Ängste. Die gebe ich zu, manche verdränge ich auch, tu mich schwer damit. Natürlich brauche ich Hilfe und Rat, auch von Männern.

Beim Flirten würde ich mich gerne etwas zurücknehmen, wenn sich denn einer mal wirklich trauen würde zu flirten. Meine sexuellen Wünsche binde ich nicht gleich jedem Mann auf die Nase, aber ängstlich hat noch keiner reagiert, wenn ich denn gesagt oder gezeigt habe, was mir und dann ihm Lust macht.

Und ohne männliche Hilfe hätte ich vielleicht kein ›Hannes-Gedächtnis-Loch‹ in meinem neuen Küchenboden – denn tatkräftig und ohne langes Zögern und Nachdenken wurde beim Einzug geholfe – und immerhin steht die Waschmaschine am rechten Fleck. Und ohne männliche Unterstützung würde eben dieser Waschmaschine vielleicht kaltes statt heißes Wasser zufließen. Auch das Bücherbord im Wohnzimmer würde sich nicht schon beim fünften Buch langsam aber bedenklich nach vorne neigen und sich von der Wand lösen.

Gut, ich will nicht ungerecht sein: Vielleicht würde ich nicht mehr leben, da ich mein Küchenlicht falsch angeschlossen hatte, oder vielleicht würde ich im Krankenhaus liegen, weil meine Hängematte nicht für meine Außenwände geeignet ist. Das eine hat Armin mir gerichtet, das andere verhindert. Aber 'ne Hängematte hab ich immer noch nicht hängen. Gerd weiß schon, wie man das machen kann. Nur, wann? Gut, ich brauche Geduld und Verständnis für kleine Unzulänglichkeiten.

Geduld, Verständnis, Zurückhaltung, Ratlosigkeit, Hilflosigkeit, Schwäche, Bewunderung, nettes Aussehen, ein bisschen Anhimmeln, Ängstlichkeit ... Und wie lange muss ich diese Rolle spielen, diese weiblichen Werte miteinander vereinbaren, ausstrahlen und mich dabei nicht totlachen, selbst aufgeben, dauernd aus der Rolle fallen?

Stopp!

12 % sind nicht viel, aber genug. Zwölf von 100. Wenn ich bedenke, wie viele Männer im passenden Alter sind ... und dann sollten sie noch aufgeschlossen und beziehungsfähig (sollte wohl kein Problem sein, für einen Mann, der keine Angst vor Frauen hat), mindestens 180 cm (okay, 2 cm weniger könnten auch noch akzeptiert werden), intelligent, sportlich, witzig, romantisch, redegewandt etc. sein und dann noch mich klasse finden, wunderbar, die Frau für sein Leben! Erkenne klar, ich suche die wohl bestversteckte Nadel im Heuhaufen.

Frauenängste

Männer machen mir keine Angst. Angst machen mir meine Stärke und die Angst der Männer vor uns Frauen.

Wir leben ein neues Frau-Sein, haben die Emanzipation (Gleichberechtigung!) fast erreicht. Nein, wir sind übers Ziel hinausgeschossen. Das wollten wir nicht. Die Männer haben sich einfach nicht mitentwickelt. Diskutiert haben sie, gestritten, einfach gedacht: Lasst die mal machen! Und wir haben was gemacht. Und jetzt? Ihr Männer, was macht ihr? Den Kopf in den Sand stecken und den Schwanz einziehen. Bildlich und wirklich!

Wir sind Partnerinnen geworden, aber wir haben keine Partner mehr. Wir haben an unseren Schwächen gearbeitet, sind selbständig, selbstbewusst, kompetent geworden. Und was ist der Preis? Unverständnis, Männerangst, Einsamkeit.

Zurückdrehen gibt's nicht! Selbst Girlies sind Power-Frauen.

Wir sind nicht auf Männer angewiesen und sind es doch. Wir wollen euch noch immer, wir begehren euch, lassen uns den Kopf verdrehen, schmelzen dahin in euren starken Armen, wollen uns anlehnen, getragen werden, schwach werden für einen Augenblick mit euch (nein, nicht schwach *sein*!), Komplimente und Blumen kriegen, uns chic und schön für euch machen …

Wir Frauen wissen, dass wir schwach werden können und das ist wiederum eine Stärke von uns, die euch Männer wieder Angst macht. Und das macht mir Angst.

Zwei sind zwei zu viel

Ich hätte nicht auf das Ergebnis der Umfrage ›Wovor Männer Angst haben‹ in der ›freundin‹ warten müssen. Einen Abend mit Maren ausgehen und dabei kritisch zu schauen, was die Männerwelt zu bieten hat, hatte dafür gereicht. Zwei gutgelaunte, lebenslustige, kichernde Frauen sind einfach zwei zu viel.

Marens und mein Geschmack stellen sich bald als ähnlich raus. So ist schnell und klar eingeteilt, auf wen wir uns konzentrieren werden. Nein, nicht einer, wie langweilig. Mal der und mal jener, jedes Öffnen der Tür bringt Frischfleisch. Ja, Männer, wir haben von euch gelernt.

Kaum einer hält unserem Blick stand. Entweder er fällt aus der Kategorie ›interessant‹ raus wegen Äußerlichkeiten oder er hält wirklich nicht stand: traut sich nicht mehr herzublicken, geschweige denn anders Kontakt aufzunehmen. 12 % scheinen realistisch.

Einer blickt lang und tief. Wow – es schlägt uns fast von den Barhockern. Diese Augen, dieser Mann. Wow – tief durchatmen. Und dann geht er. Er geht! Einfach so! Macht ihn natürlich noch viel interessanter, aber leider auch unerreichbar.

Was übrig bleibt, ist ein schaler Rest.

In der nächsten Kneipe machen wir einen Ägypter, einen Macho und einen blonden Lockenkopf aus. Der Macho ist zu sehr Macho, der Ägypter – falls er einer ist – ist mit Sicherheit Moslem, und das ist zu kompliziert, der Blonde lächelt zwar nett, stellt sich im Gespräch aber auch als Flop und ziemlich betrunken raus.

Das Männerangebot ist echt 'ne harte Nuss.

Traummann

Wir Frauen, Anfang, Mitte Dreißig wissen genau, was für einen Mann wir wollen. Bine meint, man habe den absoluten Traummann vor Augen, es sei wie zu Teenagerzeiten. Und genauso ist es.

Nein, nicht genauso. Noch viel schlimmer. Denn frau ist ja nicht mehr unerfahren. Wir kennen uns besser, wir kennen unsere Ex-Männer und wir wissen viel genauer, was wir wollen und was nicht. Wir haben reichlich erlebt und gespürt, was uns ärgert, was wir vermissen, nach was wir uns – noch immer – sehnen. Als Backfisch war es nur eine Ahnung, eine Andeutung, ein Wunsch. Jetzt ist es Wissen, Sicherheit und Wille.

Unser Traummann soll nicht Traum bleiben, sondern Mann sein. Wir wollen keine Kompromisse eingehen – oder höchstens ganz kleine. Und wir sind überzeugt und halten daran fest, dass wir erreichen, was wir wollen. Wenn nicht, bleiben wir lieber allein. Allein? Scheiße, Hilfe, nein, nur das nicht!

Also, zu wie viel Kompromiss sind wir bereit? Äußerlichkeiten sind zweitrangig, innere Werte zählen. Schöne Hände, tolle Augen, knackiger Po, sportliche Figur sollte er schon haben, über Größe und Haarfarbe lässt sich reden, einen Bart kann man abrasieren, aber so ein bisschen was fürs Auge sollte er schon sein.

Natürlich wissen wir Single-Frauen von unseren Freundinnen mit Partnern – uns selbst ist ein realistisches Bild abhanden gekommen – dass Männer nicht nur toll sind, dass Partner einen nicht nur auf Händen tragen.

Aber ist es nicht einfach rührend, wenn Heinz für Nena Kräutertee kocht, um ihre Erkältung zu verscheuchen? (Hat mir schon mal jemand Kräutertee gekocht? Ja, ich erinnere mich daran: Der Tee war scheußlich, aber die Geste einfach gut!)

Ist es nicht aufmerksam, wenn Gerd auch die Kette von Gelis Fahrrad ölt?

Und ist es nicht »einfach göttlich« (Zitat Maren), wenn Fred dreimal am gleichen Abend aus Hamburg eben diese Maren anruft, um durchs Telefon seine Liebe, Sehnsucht und Lust zu verkünden?

Die Rede ist von drei Männern und ich will einen, der alles (drei) vereint: Fürsorge, Mitdenken, Begehren ... Verantwortung, Treue, Selbständigkeit, Respekt, Humor, Spaß, Lebenslust, Intelligenz, Toleranz, Aufmerksamkeit, Zärtlichkeit, Nähe, Distanz. Ja klar, auch Kontroverses: Leichtigkeit und Tiefsinn, Fröhlichkeit und Ernst.

Nein, wir Single-Frauen wollen den Mann unsrer Träume nicht erschaffen oder gar backen müssen. Er soll einfach so aus dem Nichts auftauchen.

Kranksein

Ich bin allein und ich bin krank. Schon seit Tagen. Nicht richtig, aber so, dass ich nichts machen will. Und doch so wenig, dass ich auch jetzt meine, immer was machen zu müssen. Mein Medikamentenverbrauch ist drastisch gestiegen wie seit Jahren nicht mehr.

Bin auf 'ne Fete eingeladen und kein Schnupfen, Husten, Gliederschmerz wird mich daran hindern, dabei zu sein. Leute zu treffen. Neue Leute kennen zu lernen. Ich will das, jetzt, auch wenn ich danach tagelang flach liege.

Zwei Tage werden Hausmittel aller Art ausprobiert:

Erkältungsbad, Schwitzkur mit heißem Bier, Inhalation mit Pfefferminzöl und Thymiansud im Wechsel, viel Schlaf, selbst gepresste Frucht- und Obstsäfte, heiße Brühe mit und ohne Ei, Kräutertee. Nichts hilft, der Partytag ist da.

Ich kann mich kaum rühren. Mein Kopf fühlt sich an wie ein verquollener, verschleimter, 100 kg schwerer Klumpen. Wild abstehende Haare. Teigig-weiße, mit rotem Flecken durchwirkte Haut. Bei jedem Husten habe ich das Gefühl, die Bronchien fallen verätzt auseinander, bei jedem Schnäuzer lösen sich blutverkrustete Klumpen aus der Nase, ich schmecke nichts, habe kalte Füße und verschwitzte Hände, aber – it's partytime.

Außer einer Iso-Matte, dem Schlafsack, Klamotten und Waschzeug packe ich eine riesige Tüte mit folgendem Inhalt: Schmerztabletten, Pfefferminzöl, Nasentropfen und -spray, Hustentropfen, Augentropfen, Wick Daymed. Das richtige Mittel zum richtigen Zeitpunkt, den Alkohol etwas dosierter, ein kurzes »Ich bin ein wenig erkältet!«, und keiner ahnt, dass es mir nur wenige Stunden zuvor nicht möglich war, mein über Nacht mit gelbem Eiter verklebtes Auge zu öffnen, dass ich auf dem Weg zum Klo eine Pause auf dem Küchenstuhl machen musste oder dass ich grün-gelbe Rotzklumpen hustend und spuckend über dem Waschbecken gehangen bin.

Mir geht's prima! Ich bin dabei, bin nicht allein und für ein paar Stunden auch nicht krank.

Wieder zu Hause bin ich beides: allein und krank.

Niemand da, der mir Tee kocht, eine Geschichte erzählt, mir ein heißes Bad einlässt, die Füße wärmt, das Bett frisch bezieht, mir über die inzwischen fettigen Haare streicht.

Niemand, der mich jammern hört. Wenn man krank ist, wird man wieder zum Kind. Vermisst viel mehr als sonst, dass niemand da ist, der Verantwortung übernimmt und einen betreut.

Vielleicht braucht man das nur dann – auf alle Fälle nur dann in dieser Art, das »Ab mit dir ins Bett!«, »Das wird jetzt ausgetrunken, vorher erzähl ich dir keine Geschichte!«, »Heute gehst du nicht zur Arbeit!«. Wie sehnt man sich nach solchen Befehlen, wenn man krank ist.

Wie sehr bräuchte man jemanden, der für einen denkt und handelt. Der große Beschützer und Helfer. Jetzt wäre er gefragt. Ohne Wenn und Aber würde ich tun, was er anordnen würde. Klein, schwach, willenlos wäre ich. Nicht groß, stark und selbstbewusst.

Doch da ist kein Mann in guten Zeiten, warum sollte da einer in schlechten da sein? Woher soll er kommen? Woher soll er wissen, dass ich ihn brauche? Er kennt mich ja gar nicht und ich kenne ihn nicht. Und heute werde ich ihn auch nicht kennen lernen.

Er sucht Sie (Teil II)

Briefe hin- und herschicken, sich heiß machen, Phantasien entwickeln, in Träume versinken. Nein, so geht es nicht. Aber wie dann?

Die ›Zypresse‹ ist mal wieder voll mit Anzeigen, darunter neun (!), die sich richtig gut anhören. Aber wie weiß ich, dass sich der Richtige – Mr. Right – dahinter verbirgt? Schließlich träume ich, wie so viele, dass unvermittelt vor mir steht, mich sieht. Wir lächeln uns an, ein klitzekleiner Funke sprüht, das Herz macht kurz ›hopp‹, ich schaue noch mal hin, er schaut usw. Ja, so soll's sein.

Wie nur verbinde ich die attraktiven Angebote mit dem Spontanreiz? Na klar! Logisch! Das ist die Lösung: ›Zypresse‹ her, alle passenden Anzeigen anstreichen, Papier und Kuli zur Hand, ein Plätzchen in der Sonne gesucht und auf geht's. Jeder bekommt ein für sich passendes Antwortbriefchen, mal sportlich, mal philosophisch, mal witzig-frech. Alle gemeinsam haben sie die letzte Aussage, die als Einladung für ein Treffen dienen soll: ›Freitag nach 24 Uhr im Jazzhaus.‹ Mehr nicht. Kein Name, kein Erkennungszeichen, keine Personenbeschreibung. Wie viele wohl kommen? Ob wir uns finden und erkennen? Ob wir uns gefallen?

›Klaue Schoki, zieh Dir nachts die Decke weg, besetzte das Bad & lese Deine Zeitung. Er, 31, hat keine Lust mehr Single zu sein …‹

›Du klaust Schokolade? Wo? An der Tanke? Welche Sorte? Krieg ich auch ein Stück?

Du ziehst mir nachts die Decke weg? Um im Mondlicht mein Gesicht und meinen Körper zu betrachten, mit einem sanften Blick meine zarte Haut zu streicheln…

Beim Bad ist Kampf angesagt. Eindeutig. Als Waffen schlage ich vor: Spritzpistole, Wasserbombe, triefende Waschlappen, Deo- und Haarspray zum Einnebeln. Doch gleich zur Frontklärung und Gebietsabgrenzung: Badewanne und Dusche sind gemeinsames Territorium, denn gegenseitiges Einseifen kann Frieden stiften.

Während du meine Zeitung liest, näh ich dir deine Socken zu. Ich ziehe deine Pullis an, esse von deinem Teller und will mitten in der Nacht mit dir Schlitten fahren, Steine übers Wasser hopsen lassen, im Zimmer ein Zelt aufbauen und Urlaub spielen.

Bin am Freitag nach 24 Uhr im Jazzhaus …‹

›Netter, attrakt. Er (33, 178, schlank) Akadem., berufl.

erfolgr., sportl. (Skif., Tennis, Badm., MTB), unternehmungslustig und mit viels. Inter. Sucht attrakt., niveauv., sportl. Sie (23 – 33) für einen tollen Start ins neue Jahr. BmB.‹

›Hallo,

fürs Skifahren fehlt z. Z. noch der Schnee. Wie wär's ersatzweise mit 'ner Runde Schlittschuh laufen oder Inline skaten? Im Badminton bin ich unschlagbar, vor allem in meinen Kommentaren und zudem bleibe ich immer weit genug vom Netz, so dass du mich gar nicht schlagen kannst.

Fürs Tennis bräuchte es noch Trainingsstunden, aber dann geht der eine oder andere Ball wunschgemäß longline oder cross.

Meine Unternehmungslust schlägt morgens, mittags, nachts zu und entspricht dann nicht immer der jeweiligen Tageszeit: Drachen steigen lassen nachts um zwei Uhr, Nudelsuppe kochen zum Frühstück ...

Wenn du dir ein Bild von mir machen willst: Bin am Freitag nach 24 Uhr im Jazzhaus.‹

›Studienrat, 32/192, neu im Schwarzwald, sucht Frau fürs Leben.‹

›Hallo Herr Studienrat,

du bist nicht Professor Unrat und ich nicht die Dame aus dem Blauen Engel. Aber die war ja auch nicht die Frau fürs Leben.

Als Pauker weißt du sicher, wo sich dein junges Gemüse rumtreibt oder bist du so neu hier im Schwarzwald? Wo kommst du denn her?

Nicht nur Backfische, sondern auch Leute wie du und ich treffen sich z. B. im Jazzhaus.

Freitag, nach 24 Uhr? Ich bin dort!‹

›Weltoffener Er, 32/180, sehnt sich nach einer

Beziehung, die von Liebe, Nähe + Freiheit geprägt ist. Hobby: Lachen, träumen, Kino, Motorrad fahren, Verrücktes tun, leben...‹

›Hallo,

wo warst du denn schon überall? Wo bist du jetzt? Worüber lachst du? Auch mal über dich selbst? Wovon träumst du? Vielleicht träumen wir ja das gleiche?

Kenne das Kinoprogramm gut: ›Brassed off‹, ›Ganz oder gar nicht‹, ›Western‹, ›Eissturm‹. Aber es ist echt doof, Chips oder m&m und Bier gleichzeitig zu managen, wenn man allein im Kino ist. Könntest du die Tüte übernehmen?

Ich würde gern mal ein Floß bauen und ein paar Tage wie Tom Sawyer und Huckle Burry Finn mit selbst geschnitzter Pfeife und Dosenbohnen mit dir (?) draußen leben. Mhm – mir fällt gerade auf, dass das ja zwei Jungs waren. Wo bleibt da meine (Frauen-)Rolle? Vielleicht müssten wir ein wenig von der Originalvorlage abweichen. Wäre okay, oder?

Bin Freitag nach 24 Uhr im Jazzhaus. Kommst du?‹

›Ich, m, 34, groß, schlank, gesch., suche nette Freundin. Bist Du das Alleinsein satt? Lachst du gern? Hast Du Lust, Dich mit mir zu treffen? Dann würde ich mich über Deine Bild-Antwort sehr freuen.‹

›Genug Bild?‹

›Silvester allein? Das muss nicht sein! Bin 33, sportlich u. nett - und auf der Suche nach Dir: weiblich, +/- 25, +/- 165 cm. BmB. Antwort garantiert.‹

›Hallo,
du planst heute schon Silvester? Wow!! Ich plane unser erstes Treffen:

›Freitag, nach 24 Uhr, Jazzhaus!‹

›Hallo! Bist Du eine Frau +/- 33, die weiß was sie will, voll und gern im Leben steht, mal ruhig, mal aktiv ist und vor allem mit sich und ihrer Ex-Beziehung im Reinen ist? Wenn ja, dann schreib einem sympathischen Waage-Mann, Anfang 30, über 1,80 m, der gern tanzt, lacht, Sport treibt und vieles mehr. Keine PV.‹

›Hallo!

Ich weiß, was ich will: Dich kennen lernen. Ich steh mit beiden Beinen (lust)voll im Leben (Steinbock), kann in Ruhe dahinschmelzen, um dann wieder vor Ideen und Aktivitäten zu sprühen und zu explodieren.

70.000 km allein rund um die Welt haben Reinheit und Klarheit und Offenheit für Neues geschaffen.

Lass es uns doch mal mit Tanzen und Lachen probieren.

Würde ich auf so einen Brief hin am Freitagabend ins Jazzhaus gehen? Ja, klar! Der Wunderfitz würde mich treiben. Hätte ja auch nichts zu verlieren. Könnte anonym bleiben, so lange ich will und bei wem ich das will. Wann würde ich hingehen? Und wann gehe ich am Freitag hin?

Er Sucht sie (vergebens)

›Suche eine natürliche Frau (30 - 35) mit vielseitigen Interessen, Humor u. Verstand. Wenn Dir zu Deinem Glück noch der Freund u. Partner fehlt, dann lass uns darüber reden, was Du und ich (M, 34 J., 180) gemeinsam dagegen tun können.‹

Gegen wen wollen wir was gemeinsam tun? Gegen mein Glück? Und darüber reden? Am besten wohl bei Kerzenschein im handgestrickten Pulli, die Katze kraulend und Jasmintee schlürfend. Aber du, ich find's echt toll, dass wir darüber gesprochen haben, echt!

›Mann, 32, 180, 70, treu u. ehrlich su. die Frau, selbstbewusst, emanzipiert, denkend und spontan, zw. 20 u. 39.‹

Mit 20 selbstbewusst und emanzipiert gegenüber einem 32-Jährigen? Was denkt der denn? Klar, dass der 'ne denkende Frau braucht. Aber auch Phantasie braucht die Frau, die er sucht, denn was hat der denn zu bieten? Treue und Ehrlichkeit sind ja wohl Grundwerte und nicht extra zu erwähnen. Oder doch? Warum ist ihm das so wichtig? Hört sich insgesamt nach Laschsack an.

Tücken und Lücken

(Zwischenbemerkung)
Hatte vergessen, dass an dem Abend ein großes Konzert war. Einlass zum Tanzen erst um halb zwei. Und wie heißt es so treffend: Da war der Markt verlaufen. Fünf Traumkandidaten freuten sich zu früh.

Vertrautheit

Einen Mann, den man kennt, anzulächeln, anzumachen, zu begehren und zu verführen, hat einen besonderen Reiz. Man weiß, wie sich seine Hände anfühlen, wenn sie über den Rücken streicheln, die Oberschenkel entlang gleiten, weiß, wie es schmeckt, wenn seine Zunge sanft und wild mit meiner spielt, ich höre seinen Atem an meinem Ohr, auch wenn er noch weit von mir weg sitzt und mit anderen spricht.

Ich höre schon seine tiefe Stimme, wie sie mich

morgens sanft weckt, spüre schon jetzt, wie er sich ein letztes Mal an mich kuschelt, rieche ihn und weiß, wie er ›danach‹ riechen wird, genieße es. Weiß, wie ich ihn verführen kann, brauche nichts vorzuspielen, keine Rolle anzunehmen, keine Angst haben, etwas falsch zu machen.

Ich liebe es, in sein vertrautes Gesicht zu schauen, wenn ich beim Küssen kurz die Augen öffne. Seine Sommersprossen sind noch da, wo sie immer waren, trotzdem entdecke ich wieder eine neue, denn wir sind uns nur selten so nah.

Sein fragender, unsicherer, dann darauf eingehender, Ruhe und Lust findender Blick, sein Lächeln … Ich genieße es, mich fallen zu lassen: in seine Arme, sein Lachen, unsere Vertrautheit. Es ist schön zu merken, dass sie noch da ist, es ist reizvoll rauszufinden, ob wir uns noch vertrauen. Nähe und Neues, Wiedererkennen und Entdecken.

Wir begegnen uns als Freunde, geben uns der Lust hin, genießen den Augenblick, zerschmelzen und gehen als Freunde auseinander. Nicht mehr und nicht weniger. Nicht mehr mehr. War mal mehr? War mal mehr. Und jetzt? Nie mehr mehr? Nie …

Verhütung

17 Jahre lang die Pille, ›Trinordiol 21‹, immer das selbe Produkt. Zuverlässig, unkompliziert, da es nicht auf die Minute ankommt, freie Handlungsfähigkeit. Keine Frage, ein anderes Verhütungsmittel hätte nie die Vorteile gehabt. Ich konnte mich ganz darauf verlassen, denn ich kann mich auf mich verlassen. Okay, ein- oder zweimal

war ich schlampig für ein paar Tage und dann gab's auch das große Bibbern, ob nichts schief gegangen ist. Aber auf mich und meinen Körper ist Verlass.

Auch das ›Schade!‹ gab's, dass nie etwas schief ging. Kinder, ach, wie schön wär's ein Kind zu bekommen. Aber die Versagerquote der Pille ist minimal und ich 'ne wahre Partnerin, die weder bewusst noch unbewusst Schicksal spielt. Kinder sollen gewollt, nicht geplant, aber von Liebe getragen zur Welt kommen. Also, her mit dem kleinen Dragée.

Wilde Phasen, in denen ich es genoss, allzeit mitmachen zu können, gab es nicht allzu viele, aber es war schön, sich dann bedenkenlos der Lust hingeben zu können.

Selbst in langjähriger Partnerschaft war es eher Verschwendung täglich und regelmäßig zu verhüten. Für die paar Mal, in denen was in den ›kritischen Tagen‹ lief, hätte eine Packung Kondome wohl nur nicht gereicht, weil das Verfallsdatum überschritten worden wäre. Trotzdem wollte ich es nicht anders. Diese Freiheit gönnte ich mir.

Ich kann nicht sagen, 17 Jahre sind genug. Das wäre falsch. Aber ich genieße die Lust anders. Wenn man nicht oft mit einem Mann zusammen ist, machen einem Küsse schon so weiche Knie, wie ich es nur aus der Zeit kenne, als ich dreizehn war. Und ins Bett zur reinen Lustbefriedigung will ich nicht mehr.

Lustbefriedigung ist das eine, aber richtig schön ist die Lust nur mit aufgebauter Spannung, langsamen, vielseitigen Anmachen, Locken, Reizen und vor allem dem Ineinander-Miteinander-Einschlafen, zusammen aufwachen, weitermachen. Zeit haben für mehr. Fallenlassen ist zeitlos und endet noch nicht mit Feuchtigkeit,

Herzrasen und Muskelzucken. Lust und Liebe beginnen dort erst.

Und wenn die Lust mich doch mal schneller vorantreibt, wenn Küsse nicht reichen? Kondom! Auch witzige, originelle oder blödsinnige Ausdrücke dafür ändern nichts daran, dass die Dinger einfach doof sind. Einmal vor der Pillenzeit und dann nie mehr. Habe theoretisches Wissen, frau kennt sich ja aus. Gut, dass sich der Mann damit besser auskennt. Na ja, ist ja auch eher sein Gebiet.

Wir schmusen und kuscheln und küssen und streicheln, genießen und tauchen ein ins lustvolle Miteinander ...

»Du, ich nehme keine Pille mehr.«

Kurzer Griff in den Waschbeutel, Verhüterli raus und – Scheiße – es ist einfach anders. Wo ist meine Freiheit geblieben? Der verdammte Gummi. Es fühlt sich einfach anders an. Er versucht sich zwischen mich und meine Lust zu drängen. Ich liebe es so, Haut zu spüren. Haut pur, überall. Und dann die körperwarme, glibbrige, gleitende Feuchtigkeit in mir, auf mir. Ich liebe es, mich damit einzureiben, ›anzumalen‹. Erst ist es warm, dann wird es kühl. Es kühlt meine Hitze, macht Gänsehaut, ich kuschle, es gleitet und klebt – es ist einfach wunderbar. Eine Wonne, ein Genuss.

Und jetzt ist es in dem blöden Gummisäckchen gefangen, darf nicht zu mir und meiner Lust. Muss darin gefangen bleiben. Vorsichtig wird es auf die Seite gelegt. Weit weg von mir, von uns. Jetzt nicht zu nah kommen. Nicht gleich wieder weiter machen. Sonst muss wieder ein Gummi her.

Nachtschwärmer

Samstagabend. Meine Vermieter richten sich fürs Bett. Höre sie in ihrem Bad rumkrusteln. Steh in meinem Bad und richte mich zum Ausgehen. Eigentlich ist es dafür noch zu früh. 23 Uhr. Vor zwölf, halb eins brauch ich nicht losgehen. Na, prima, dann ist ja richtig Zeit, damit das Outfit perfekt wird.

War gestern Abend schon weg. Lief aber nicht viel. Tanzen konnte man erst ab 01:30 Uhr, da vorher ein Konzert war. Heute ist Funky Dance Night. Die ist immer gut. Klasse Musik.

Voller Elan und mit guten Vorzeichen plane ich den Abend. Als Erstes werde ich nicht mehr auf dem großen Parkplatz parken. Hab gestern schon wieder 'nen Strafzettel bekommen. Er war vom Regen total aufgeweicht. Zahle ihn erst mal nicht. Mal sehen, ob die DB-Verwaltung ihn wirklich an die Bullen weitergibt.

Früher habe ich immer geglaubt, in Freiburg sei nachts nichts los. Das habe ich auch allen Auswärtigen erzählt. Aber jetzt sehe ich das etwas anders. Man muss nur zur rechten Zeit am rechten Ort sein. Vor ›Jazzhaus‹, ›Drifters Club‹ und ›Crash‹ ist nach null Uhr einiges auf den Beinen: Nachtschwärmer. Viele junge Hüpfer. So um die 20. Ich gehöre sicher mit zu den älteren, ja fast ältesten. Aber stört mich nicht.

Es ist witzig, das quirlige Leben zu beobachten. Im ›Jazzhaus‹ ist es recht locker. Die meisten schauen ganz fröhlich aus der Wäsche.

Im ›Drifters‹ ist man stupsnäsig trendy oder avantgardistisch. Ausgeflippt ist angesagt, was in Freiburg so unter flippig läuft.

Im ›Crash‹ wird eher vollgedröhnt abgehangen. Aber

eigentlich ist es zu dunkel, um über die Stimmung wirklich was sagen zu können. Schwarze Wände, schwarzer Boden. Kann nicht einmal sagen, ob das Realität oder nur Empfinden ist. Meine Nichte Laetitia, 16, meint, da könne man nicht mehr rein, da gehe ja jeder hin. Stimmt! Ich auch!

Durchhalten tun alle. Mir hilft Kaffee dabei. Er hält ca. sechs Stunden in der Wirkung an. Also um 23 Uhr getrunken, bin ich um fünf Uhr noch fit. Dann lässt's aber nach. Noch 'ne Stunde kann ich dranhängen. Dann ist's aus, will ich ins Bett. Nur früher, das geht fast nicht. Wenn ein Schuppen zu macht, schwärmen wir weiter. Irgendwas hat immer noch auf, aber die Stimmung wird von Stunde zu Stunde, Ort zu Ort mürber, fremder, außerirdischer. Wie das wohl im Sommer sein wird, wenn's draußen schon hell ist?

23:45 Uhr: Ich bin bereit!

Schwarze Jeans, schwarze Schuhe, schwarzes bauchkurzes Oberteil mit V-Ausschnitt und Knöpfen, leger geschnitten, schwarze Brille, je ein grüner und ein schwarzer Ohrring, grüner und silberner Ring, schwarzer Gürtel. Schwarz ist angesagt. Passt immer und überall. Haare etwas wild, ›Dune‹ für Männer als Duft, roter, nicht zu greller Lippenstift. Dazu kommt eine knatsche-grüne Plüschpelzjacke in Jeansjackenform, echt ein geiles Teil und eine Leihgabe meiner Nichte (passt gerade nicht zu ihrer pinkroten Haarfarbe) und mein Kuhschal.

So, jetzt aber los. Muss noch an den Geldautomaten. Nacht – ich komme!

Anlehnungsbedürfnis

Nichts läuft. Einfach alles scheiße. Treffe einen verflossenen Flirt und wir kommen nicht zusammen. Tanzen nebeneinander, trinken Bier, reden belangloses Zeug oder besser gesagt, brüllen es uns gegen die Musik ins Ohr. Tanzen wieder – nebeneinander. Jeder für sich. Löse mich. Tanze weg. Soll er doch folgen. Er kommt nicht nach. Pffh, dann halt nicht.

Und plötzlich sehe ich den anderen. Der gleiche wie gestern Abend. Wieder tanzt er allein. Meist die Augen geschlossen, gibt er sich der Musik hin. Wenn er mal schaut, versuche ich einen Blick zu erhaschen. Langsam tanze ich mich näher. Verdammt, wie kann ich den kennen lernen? Und, wo ist mein Tänzer vom Anfang? Fort. Einfach gegangen. Blödmann.

Soll ich einfach sagen: »Ich würde dich gern kennen lernen.« Oh Gott, das pack ich nicht, nicht bei dem Typ. Doch, jetzt quatsch ich ihn an. Gleich. Nachher.

Tanze schon neben ihm.

Nach dem Lied spreche ich ihn an. Oder soll ich besser direkt vor ihm tanzen, ihn anlächeln, anhimmeln? Hilfe, was soll ich tun?

Hat sich erledigt! Eine junge Frau steht bei ihm. Er hat die Hände um ihre Taille gelegt, sie reden kurz – und dann gehen sie.

Er geht. Ich war zu langsam. Ob es seine Freundin war? Aber gestern war er mit zwei Kumpels da. Hat fast immer allein getanzt, so wie heute. Laufe raus, will sehen, wie sie gehen. Bin zu langsam. Bis ich durchs Gewühl bin, sind sie schon weg. Mist!

Es ist schon spät. Was Neues zum Ausschauen, Anschauen wird sich nicht mehr finden. Rauche erst mal 'ne Zigarette. Und dann entdecke ich den Amerikaner. Ah, schön. Ich mag ihn. Und ich glaube, er mag mich auch. Nicht mehr und nicht weniger. Aber er kennt so viele. Viele kennen ihn. Da steht er. Keine fünf Meter von mir entfernt. Er streicht sich die Haare aus dem Gesicht und plaudert mit einer Frau.

Immer wieder taucht er einfach auf, ist da, flattert weiter, ist wieder da, geht. Frei, ungebunden, charmant.

Jetzt quatscht er mit 'nem Typ. Er quatscht immer mit jemandem. Ich schlendere hin.

»Hi!«

»O, hello!«

Küsschen rechts, Küsschen links. Vorstellungsrunde.

»Stefanie?«

»Ja!«

»O, ich war mir nicht sicher, ob du nicht Susanne heißt.«

Wir reden übers Leben, nur kurz. Ich wuschle ihm durch die Haare, denn er ist melancholisch. Ich auch. Könnte mich in seinen langen Haaren vergraben, mein Gesicht an seines legen, ihn an mich drücken.

Er lädt uns zu einem Tequilla ein, den wir nicht bekommen, da der Laden zu macht. Der andere Typ verabschiedet sich, mein Ami hat sich ganz der Tussi zugewendet und ich steh da wie Pik Sieben.

›Hey‹, würde ich gerne sagen, ›mit der läuft nichts. Vergiss es!‹

Hohlbirnig wirkt sie zudem. Und ich stehe und stehe. Ich sollte gehen. Ich will bleiben, will schreien ›Hallo, ich bin auch noch da!‹, aber ich existiere gar nicht.

Hole meine Jacke. Geh zurück und verabschiede mich. Küsschen rechts, Küsschen links. Er fühlt sich so gut an. Er ist so süß. Es nickelt mich. »Schade, dass du in

Begleitung bist. Heute hätte ich dich zum Anlehnen gebraucht.«, flüstere ich ihm ins Ohr.

Er schaut mich fragend an.

Ich sage: »Have fun!«, nicke kurz und gehe.

FRUST! Frust, du bist schon da. Will nicht nach Hause. Kann nicht nach Hause. Ziehe weiter. Frust. Nichts los, nur Öde und Kälte um mich. Würde so gerne kuscheln, mich anlehnen, festgehalten werden.

Fahre heim. Esse ein Stück kaltes Huhn. Frustfraß! Und eine Praline, die letzte. Na dann, hinlegen, schlafen.

—

Es klopft. Wie, es klopft? Wo? Am Fenster. Es ist dunkel. Wie spät ist es? Wer klopft? Bei mir? Träume ich etwa?

»Hello, huhu!«

Er, der Ami!

»Du??! Wart, ich mach auf.«

Es ist dunkel. Wie spät ist es? Zack, die Bettsocken in die Ecke geknallt. Die sehen nicht sehr sexy aus. Balkontür auf:

»Hi!«

Kurze Umarmung.

»Komm rein.«

Ich schlafe noch halb. Schaue auf die Uhr. Kurz vor sechs. Er nimmt mich in den Arm, küsst mich.

»Du bist so schön warm.«

»Und du kalt!«

Küsst mich, streichelt mich. Ich lehne mich an ihn, bin benommen, schlafe fast noch. Aber die Küsse sind echt, werden wilder, verlangend. Und es ist schön. Schön wie ein Traum. Schöner.

»Was hast du vorhin zu mir gesagt?«

»Sag ich nicht noch mal.«

Seine Haut ist so kalt, seine Küsse so warm und weich, mein Zustand vor Müdigkeit und steigender Erregung schwebend. Er schiebt mich in mein Schlafzimmer, ich sitze auf meinem Bett, schaue ihn an. Bin wach!

Was mache ich da eigentlich? Ein fast fremder Mann, nein, mein Ami, also doch ein fast fremder Mann klopft kurz vor sechs Uhr morgens bei mir ans Fenster, ich lasse ihn rein, lasse mich in seine Arme fallen, genieße, genieße, genieße.

»Du, vielleicht sollte ich dir doch sagen, was ich dir zugeflüstert habe. Ich brauche jemanden zum Anlehnen, nicht zum Ins-Bett-gehen!«

»O, ich habe es nicht verstanden. Ich habe was mit einlegen verstanden.«

Einlegen, was ist denn das? Ich glaube, wir wissen es beide nicht.

»Soll ich gehen?« -

»Nein!«

Wir kuscheln und schmusen und küssen uns. Mir wird heiß. Es wird immer schöner. Ich rausche dahin.

»Sollen wir Liebe machen?«

»Nein.«

Diese Frage, der Ausdruck, der Akzent. Er ist einfach süß.

»Warum nicht?«

Ich erkläre es ihm, wir reden darüber und schmusen weiter.

»Wie war dein Elternhaus?«

So und so.

»Und deins?«

Am besten war das Essen, die Omeletts, nach der Kirche. Und dann wieder Nähe, uns beiden ist es heiß, heißer soll's nicht werden. Er versteht, akzeptiert ohne

Worte.

»Hast du Lust auf einen Milkshake?«

Seine Milkshakes sind klasse, wer kann dazu schon nein sagen?

Ich liege da, träume, bin fast wieder am Einschlafen. Höre und sehe am Hell/Dunkel, wie er das Küchenlicht sucht. Höre den Mixer, seinen Kampf mit meinem überfüllten, kleinen Gefrierfach.

Und dann steht er vor meinem Bett, nackt, mit zwei großen, herrlichen Milch-Shakes. Er hat das Tandoori-Chicken entdeckt und fragt, ob er ein Stück essen darf. Ich sorge für Kerzenlicht.

Draußen beginnen die Vögel zu zwitschern, die Kirchenglocken läuten. Es ist dunkel. Sonntagmorgen, sieben Uhr.

Wir sitzen im Bett, er lobt mein Hühnchen, rät mir von kaltem Basmati-Reis ab. Und dann liegen wir da, der vorher noch fremde, jetzt vertrautere Mann neben mir schläft ein, ich kuschle mich an ihn, bin noch eine Weile wach und denke über die Situation nach.

Er ist extra mit dem Fahrrad nach Zähringen gefahren. Er hat sich zweimal verfahren, falsche Auskunft bekommen, den Herdemer Buckel rauf und runter, bis er endlich den Weg zur Zähringer Burg und zu mir gefunden hatte. Er ist süß. Ich drücke mein Gesicht an ihn und schlafe ein. –

Plötzlich laute Musik. Der Wecker. Geli will kommen, um Ski fahren zu gehen. Er fragt, ob er gehen soll, sonst würde meine Freundin erschrecken, wenn da irgendein Amerikaner bei mir sei. Nein, die verkraftet das. Wecker aus. Weiterschlafen.

9:45 Uhr, wieder Musik, der zweite Weckruf. Ich bin todmüde, aber gleichzeitig hellwach. Ich möchte jede noch verbleibende Minute genießen. Ich möchte ihm so viel zurückgeben. Habe das Gefühl, in der Nacht nur genommen zu haben.

Streichle seine Brust, seine Arme, sein Gesicht. Er genießt, nimmt an. Lässt es sich gut gehen. Langsam, als wolle er mir Zeit lassen zum Geben, geht er auf die Zärtlichkeiten ein. Es ist schön, einfach nur wunderschön und die Zeit verrinnt.

Zehn Uhr. Der Wecker geht aus.

»Wir sollten uns anziehen, wenn deine Freundin kommt.«

»Die kommt ganz sicher. Aber die kommt immer zu spät.« Ich will nicht aufhören, noch nicht und er auch nicht.

»Hallo, Stefanie!«

Es klopft.

»Jaa-ha, ich komme.«

»He, Stefanie«, tönt es aus meinem Wohnzimmer.

Scheiße, die Balkontür war ja offen.

»Ja, äähh, ich ko-omm.«

Unterhose, T-Shirt, Pulli. Raus. Jeans an.

»Hi, Geli!«

»Hi, Stefanie!«

»Äh, es kommt gleich noch jemand.«

Ein kurzes, schiefes, um Verständnis bittendes Lächeln, ein »Hi!«, hinter dem Vorhang vor. Geli grinst. Ich verschwinde wieder im Schlafzimmer.

»Trinkst du noch einen Kaffee mit?«

Und dann wirble ich in die Küche, setze Wasser auf und lass dem Schicksal seinen Lauf.

Wir frühstücken zusammen oder besser gesagt der junge Amerikaner frühstückt mehrere Brote mit Käse und Honig, Geli trinkt Tee und ich rauche 'ne Zigarette und trinke 'ne Tasse Kaffee.

Ich würde den Typ an meinem Küchentisch gerne fragen, ob er mit in den Schnee geht, aber dann auch wieder nicht. Der Tag gehört Geli und mir, der Morgen gehörte überraschenderweise dem Ami. Ich werde ihn einfach gehen lassen. Er muss gehen. Er wird nach New York gehen, vielleicht schon nächste Woche. Ich werde ihn nicht halten. Ich kann es nicht und ich soll es nicht. Ob ich es will? Ich weiß es nicht.

Er ist er. Er, der kommt und geht, ungebunden, frei. Deshalb mag ich ihn. Vielleicht bewundere ich ihn sogar darum. Er ist nicht der Mann, den ich suche, den ich binden will. Er ist wie ein Sonnenstrahl an einem Regentag, wie ein erstes Glühwürmchen in einer Juni-Nacht, ein Gänseblümchen im Januar.

Spuren

Alle sichtbaren Spuren sind verschwunden. Bis auf den Knutschfleck, aber der ist gut und gut unter dem Rollkragen versteckt.

Das Geschirr ist gespült. Das Bett frisch bezogen, *sein* Duft im Wäscheeimer vergraben. Der Wecker ist neu gestellt. Ordnung und Alltag sind zurückgekehrt.

Nichts erinnert an ihn. Nichts weist auf die Nacht hin. Und trotzdem sind Spuren geblieben: in meinem Herzen, in meinen Gedanken, auf meiner Haut, in meinen Erinnerungsbildern, in meinem Hörgedächtnis, dieses Mal kaum in meinem Geruchssinn – bin erkältet.

Würde dies einfach gerne nur genießen, mich daran erinnern. Aber eine andere Kraft treibt mich nach Erneuerung, raubt mir die Zeit Vergangenes wachzurufen, einfach davon zu träumen. Träume von mehr. Werde getrieben von dem Gedanken der Wiederholung. Immer allein sein ist schwer, aber danach allein sein ist viel schwerer.

Kleinigkeiten

Ein Kompliment lässt mich erröten. Ein Kuss macht mir weiche Knie. Ein Streicheln macht mich weich und geschmeidig. Selten erfahrene Kleinigkeiten werden zu Kostbarkeiten.

Wenn man in einer Beziehung steckt – ja, vielleicht ist ›stecken‹ sogar der absolut passende Ausdruck – nimmt man diese Kleinigkeiten gar nicht so wahr. Sie gehören dazu, ergeben sich so im Vorbeigehen.

Als Single sieht das ganz anders aus. Was ich daran hasse? Man wird angreifbar, verwundbar, zack – steht man in Flammen, brennt. Und niemand ist da zum Glimmen und neu Entfachen. Zum schnellen Mitbrennen schon. Aber dann bleibt etwas übrig, das dem Häufchen Asche nicht fern ist. Und der nächste Windhauch zerstreut alles.

Spanner

Bin von der Arbeit direkt ins Bett gefallen. Wochenende! Erst mal schlafen. Fit werden fürs Nachtleben. Der Wecker steht auf halb elf. Genug Zeit zum Schlafen und dann ausreichend Zeit zum Wachwerden und Herrichten.

Im Wohnzimmer habe ich das Licht angelassen, falls

mich jemand spontan besuchen kommt. Sonst weiß man ja nicht, dass ich da bin. Spontanbesuche ereignen sich zwar äußerst selten, aber man kann ja nie wissen.

Die Musik meiner Stereoanlage weckt mich. Draußen ist es dunkel und ruhig. Bin noch total erschlagen. Döse vor mich hin. Soll ich wirklich ausgehen? Einfach liegen bleiben und bis morgen früh weiterpennen. Eine Freitagnacht verschlafen? Unmöglich! Aber erst mal langsam. Ist noch genug Zeit. Dusel vor mich hin, überlege, was ich anziehen will, wo ich hingehen mag. Ob ich jemanden treffe, den ich kenne? Die Müdigkeit drückt mich ins Bett. Komme nicht richtig in die Gänge. –

Was ist das? Ist jemand an meiner Tür? Mein Eingang ist eine abschließbare Balkontür, die aber nur bei stundenlanger Abwesenheit von mir abgeschlossen wird. Nachts schließe ich zudem den Holzladen. Aber jetzt ist sie nur zugedrückt und der Hebel ein Stück umgelegt. Es knackt an der Tür – oder ist es mein alter Holzschrank? Nein, es muss die Tür sein. Setze mich auf.

»Hallo?«

Da bewegt sich doch jemand vor meinem Fenster auf der Terrasse.

»Hallo?«

Ja, eindeutig. Aber niemand antwortet.

Ich hopse aus dem Bett, geh ins Wohnzimmer und sehe, wie jemand an meinem Fenster vorbeigeht. Erkenne die Person nicht, da es draußen dunkel ist und im Raum Licht brennt. Der Hebel der Balkontür ist auf ›offen‹ und auch die Tür ist aufgedrückt. Nicht richtig, nicht spaltweit, aber offen. Ich gehe nach Draußen. Es ist dunkel und kalt und ich habe nur einen Slip und ein

T-Shirt an. Ich rufe noch einmal »Hallo«, bleibe stehen und schaue kurzsichtig in die Dunkelheit.

Nichts. Niemand. Kein Mensch, kein Auto. Wer war das? Und was soll ich jetzt tun? Auf alle Fälle bleibe ich nicht zu Hause.

Der Gedanke, wer das war und was er/sie wollte, lässt mich wochenlang nicht los. Ich rede mir ein, keine Angst zu haben. Aber ich bin nervös und wütend. Fühle mich in meiner Freiheit eingeschränkt. Muss in Zukunft immer abschließen, werde das Tuch an meinem Schlafzimmerfenster blickdicht mit Reißnägeln festmachen. Kann jetzt nicht mehr lüften, aber das Fenster hat keinen Laden.

Beobachte die Spaziergänger im Wald gegenüber. Jetzt im Winter ist freie Sicht auf meine Wohnung und in meine Zimmer, wenn abends das Licht an ist.

Am liebsten würde ich jemanden fragen, ob er eine Weile bei mir wohnt. Aber wen? Den Ami kann ich nicht erreichen, er scheint abgetaucht zu sein. Dirk will ich nicht fragen. Susi macht sich schon ins Hemd, wenn ich ihr nur die Geschichte erzähle. Gabi sicher auch. Katja zieht demnächst nach Ludwigsburg.

Ob ich Schnüre mit Glöckchen spannen soll? Ob es Lichtbewegungsmelder für Steckdosen gibt? Könnte auch den Bewegungsmelder von meinem Weihnachtsmann (›Hohoho, fröhliche Weihnachten‹) aktivieren. Aber das zieht wohl nur einmal und dann bin's sicher ich selbst, die diese Art von Alarm auslöst, wenn ich nachts heimkomme und nicht daran denke.

Werde die nächsten Abende wohl noch weniger zu Hause sein. Aber ob das das Problem löst? Vielleicht verschiebt es die Sache ja nur um ein paar Tage. Scheiße!

Die Zeit totschreiben

›Devils Island‹: fremder, surrealistischer, verzerrter, mystischer Film. Nur zwei weitere Zuschauer. Passt zur Stimmung des Films: verzweifelt, düster, grau, verregnete Bilder, identisch mit der Handlung.

Gehe danach ins Irish Pub. Kein Amerikaner. Schlechte Musik, kaum Leute. Komm mir vor wie der weibliche Hemingway. Sitze an der Theke und trinke Kilkenny. Jeff bedient. Wenigstens einer, den ich kenne. Kennen?

Ob es was anderes ist, wenn ein Mann so allein in einem Pub sitzt? Seit meiner Weltreise komme ich mir in so einer Situation gar nicht einsam vor. Komisch ist meist nur, dass alle um mich herum Deutsch sprechen. Aber hier im Pub ist es anders. Viele quatschen Englisch.

Vielleicht sollte ich ein Buch über nächtliche Stimmungen schreiben. Bukowski fällt mir dazu ein. Müsste dann aber vom Bier auf Whiskey umsteigen.

Sind fast nur Männer da. Aber was für Männer.

Bier und Papier sind bald zu Ende. Sollte vielleicht heimgehen. Bin eigentlich auch müde, aber nicht gewillt zu gehen. Immer dieser Drang, dass was passieren soll. Aber was? Reicht es nicht, eine Studie zu machen, Menschen um mich rum zu beobachten?

Brauche Papier. – Mal schauen, wie weit der Block reicht, den ich mir von Jeff habe geben lassen.

Worüber könnte die Studie gehen? Über Barkeeper? Über meinen einsamen ›Penner‹-Thekennachbarn, über die zwei Jungs hinter mir? Über den Musiker, der grad 'ne Pause macht? Über meinen Ami, der (wieder mal) nicht da ist? Über ihn würde ich am liebsten schreiben.

Nein, viel schöner wäre, wenn er käme. Träume!!

Vielleicht ist er schon in New York. Am liebsten würde ich Jeff deshalb fragen. Verkneif ich mir aber.

Nur nicht fragen. Heute mal nicht fragen. Sonst nicht schauen, nicht rauchen, kein Bier trinken. Nicht und kein. Tolle Wörter. Ich hasse sie. Man kann es aber nicht positiv formulieren. Manche Negation lässt sich nicht aufheben. Schon wieder ein ›Nicht‹.

Mein Schreiben ist wieder einmal total unstrukturiert. Bin mit dem Herzen wo ganz anders.

Kann ich denn morgen schon wieder hierher? Werde ich ihn überhaupt noch einmal sehen? Wäre es nicht besser, ich würde ihn nie wieder sehen? Bin ich verknallt? In wen? Ich mein, ich kenn ihn doch gar nicht. Weiß nichts von ihm. Warum lockt und reizt er mich? Nimmt er mir nicht nur einfach die Einsamkeit? Lasse ich mich nicht schon wieder in ein Verhalten und in eine Rolle drängen, die ich gar nicht will? Oder geht dahin meine wahre Sehnsucht? Ja, ich denke schon. Am meisten sehne ich mich momentan danach, geführt zu werden. Gesagt zu bekommen, was ich tun soll. Ob ich's dann tu, ist was anderes, aber einfach nicht immer alles allein machen und entscheiden müssen. Einfach getrieben werden. Nein, das ist nicht gut ausgedrückt. Vielleicht besser: fallen lassen und das Denken ausschalten. Könnte ich das überhaupt (noch)? Und wenn ja, wie lange?

Schreibwut, woher kommst du? Aus der Einsamkeit, aus dem Alleinsein.

Fehlt mir die Kommunikation? Ist das Papier mein Gesprächspartner? Vereinsamt man dadurch noch mehr? Braucht man dann überhaupt noch Menschen um sich? Kreist irgendwann nicht alles um die eigene Gedankenwelt? Oder schreibe ich, dass die Zeit vergeht?

Zeit, bis er vielleicht kommt?

Einfach nur rumsitzen ist heute Abend ganz komisch. Schreibe zum Zeitvertreib auf alle Fälle zu schnell. Es sind bis jetzt nur wenige Minuten vergangen.

Habe eine gewaltige Unruhe in mir. Kann ich sie durchs Schreiben beruhigen? Kann man beim/durchs Schreiben fliehen? Wohin? Wo will ich ankommen, was will ich loswerden? Was will ich klären?

Blödsinn! Jedes Mal wenn die Tür geht, schaue ich in den Spiegel über der Theke und wünsche mir, dass er kommt. Ich sitze in 'ner Kneipe und versuche mir einen Mann herbeizuschreiben. Ich sollte gehen. Jetzt!

Wenn ich nur entschlussfreudiger wäre. Immer dieses Gefühl, etwas zu verpassen. Jemanden zu verpassen. Mal unbestimmt, mal bestimmt.

Die Musik geht wieder los. Der Ami hatte Recht, sie ist schlecht. Einfach schlecht. Ob dann die Chancen schlecht sind, dass er noch kommt? Wo ist er?

Oh Gott, ich spinne! Ich träume und schreibe, bin einfach bescheuert. Verflucht! Was verflucht? Oder wer?

Dreh mich innerlich im Kreis. Komme also nicht vorwärts und nicht rückwärts. Nicht weiter. Geh jetzt besser heim. Verdammt, verflucht, verschissen! Jeder Tag soll schön sein. Jeder!! Nicht nur irgendein vergangener, eine Erinnerung an einen schönen Augenblick! Fuck!!!

Urlaub

Ich habe eine Woche Urlaub. Alle anderen arbeiten. Sie haben tagsüber keine Zeit und abends nur bis 23 Uhr.

Ich habe neun Tage Zeit. Zeit für mich. Kann ausschlafen, lesen, in der Stadt bummeln, ins Kino gehen, faulenzen, ausspannen, nachdenken, spazieren gehen, Ski fahren, Behördengänge erledigen, putzen, Kaffee trinken gehen, durchs Museum schlendern, Briefe schreiben, Mittagsschlaf halten, in Ruhe frühstücken, ausgiebig kochen und essen, vor mich hin träumen, mich pflegen und verwöhnen. Toll, geht's mir gut! Nur – mit wem soll ich reden, lachen, was unternehmen? Niemand hat Zeit, keiner kommt, auch abends nicht, nicht am Wochenende.

Ich kann es nicht mehr ertragen, dieses Alleinsein, etwas allein auf die Beine stellen, höchstens drei Sätze am Tag reden und die sind dann:

»Eine Kinokarte, bitte.«

»Ein Brötchen (Bier, Kaffee, Sprudel ...), bitte« oder Ähnliches.

Manchmal kann ich dann nicht einmal die Gespräche mit Freundinnen und Freunden ertragen. Entweder sie erzählen von ihrer Familie (Neid!), von ihrer Beziehung (auch Neid, selbst wenn's Scheiße läuft. Immerhin haben sie jemanden zum Auseinandersetzen) oder von ihrer Einsamkeit, der Sehnsucht nach einem anderen Leben.

Ich komme mir so überflüssig vor. Nichts bewegt sich und niemand vermisst mich. Das ist ungerecht, denn meine Freundinnen und Freunde würden mich schon vermissen, wenn ich nicht da wäre, aber ich bin da und deshalb vermisst man mich vielleicht ja auch nicht.

Ich habe Urlaub und bin zu Hause. Vielleicht hätte ich fort fahren sollen, aber ich habe so die Schnauze voll vom alleine Wegfahren. Vielleicht sollte ich wenigstens übers Wochenende jemanden besuchen, aber darum müsste ich mich heute noch kümmern. Wenn ein Wochenende Donnerstagabend nicht geplant ist, verläuft es meist öd. Denn freitags erreicht man niemanden mehr oder es ist alles schon verplant. Aber wen könnte ich besuchen? Auf wen hätte ich Lust? Welche Stadt? Welche Menschen? In dieser Miesepeter-Stimmung bin ich meist so unentschlossen, kritisch und nörgelig, dass mir nichts passend scheint.

Dadurch wird die Stimmung noch schwärzer und dann kann ich mich noch weniger aufraffen und dann ...

Am liebsten wäre mir dann, es würde sich jemand bei mir melden. Das ist aber äußerst selten. Deshalb krieg ich dann 'ne Wut auf alle, die sich melden könnten und dies nicht tun, fühle mich noch einsamer und verkriech mich ganz oder unternehme alleine was, was (s. o.) die Stimmung nicht gerade hebt.

Ich habe Urlaub. Ich hätte gern mal Urlaub vom Alleinsein.

Träume und Wünsche

Ich bin ein Steinbock: bodenständig, ehrgeizig, zielstrebig. Ich bin eine Frau: schwach, unentschlossen, abwartend. Ich kann dies fast nicht schreiben. Denn - erstens bin ich überzeugt, dass dies nichts typisch Weibliches ist. Jede und jeder fühlt sich mal so. Und zweitens bin ich es nicht gewohnt, bin ich es nicht gern oder besser, tu ich mich schwer dies zuzulassen, auszusprechen.

Ich habe so viele Ideen und Träume, dass ich gar nicht weiß, welche ich zuerst anpacken und verwirklichen will. Ich würde gern in einer Hausgemeinschaft wohnen, ich möchte gern für längere Zeit ins Ausland, wobei ich nicht weiß, ob ich einfach nur reisen oder an einem Ort bleiben und dort arbeiten möchte. Ich würde gern ein Buch schreiben, eine Fernsehproduktion machen, neue Leute kennen lernen, an einer Fortbildung teilnehmen. Heiraten und fünf Kinder kriegen.

Das letzte ist der größte Wunsch, aber daran zu ›arbeiten‹ ist am schwierigsten. Das andere sind eigentlich alles nur Alternativen. Eine Familie zu haben, wäre das Schönste, alles andere nur Ersatz. Das eine kann ich nicht erzwingen, alles andere scheint 100 % meine Aufgabe zu sein. Ich bin so unschlüssig. Karin meint, ich sähe keine Perspektive. Ein Mann ist nur *eine* Perspektive im Leben einer Frau. Warum haftet so an mir, dass dies die einzige, die richtige, wahre, erfüllende, ultimative, alles richtende sei?

Was tu ich denn für meine Alternativen?

Wegen der Hausgemeinschaft habe ich schon bei zwei Annoncen ›Häuser zu vermieten‹ angerufen. Eins war hinter dem Schauinsland, also ca. 20 km Fahrweg von Freiburg, ein einsamer Bauernhof, das andere von der Bauweise her ungeeignet.

Eine Haus-WG-Anzeige stellte sich als Haus mit neun Mietern raus, wo der eine den andern nicht kennt.

Ich weiß auch gar nicht, ob ich Freunde animieren soll, mit mir eine Haus-WG zu gründen. Und wer käme davon in Frage und hätte Lust? Oder ob ich neue Leute dafür suchen sollte? Wie macht man das? Was wären Auswahlkriterien? Worauf lege ich Wert? Ah – alles zu anstrengend. Aber vielleicht sollte ich wirklich mal, wie Sebastian meint, inserieren und einfach abwarten, was auf mich zukommt. Aber was schreibe ich in die Anzeige?

Vor zwei Wochen habe ich mich in Japan als Deutschlehrerin beworben. Ob ich nach Japan will?

Nein, eigentlich eher in ein englischsprachiges Land. Aber die Anzeige war in der ›Zeit‹ und ich konnte alle Voraussetzungen erfüllen.

Zwei Tage war ich überzeugt, im Sommer nach Japan ›auszuwandern‹. Dann hat mir Peter, mein ehemaliger Deutschlehrer, der das deutsch-japanische Institut in Freiburg leitet, davon abgeraten. Ich würde dort unglücklich werden. (Unglücklicher als ich mich zu dem Zeitpunkt hier – allein – in Freiburg fühle?) Und warum? Er meinte, weil ich eine starke Frau sei und Japan eine reine Männergesellschaft habe. Essen und in die Kneipe gehen würden nur Männer. Frauen hätten im öffentlichen, gesellschaftlichen Leben nichts zu suchen. Na, toll. Genau das, was ich suche.

Werde aber nächste Woche noch meinen Studienkollegen Hajo, anrufen. Er ist zurzeit und schon zum zweiten Mal in Japan. Mal sehen, was der zu meiner Idee meint.

Und dann will ich noch mit Frauen reden, die dort waren. Vielleicht treffe ich ja ein paar beim deutsch-japanischen Stammtisch. Der findet, wie ich rausgefunden habe, immer am ersten Montag im Monat in einem Gasthaus statt.

Na, das mit dem Buch ist ja in der Mache. Ob es wohl jemals verlegt wird? Maren hat schon die ersten kritischen Anmerkungen gemacht. Der Stil sei oft zu knapp und kurz. Deshalb sei es schwierig zu lesen, wenn man mich nicht kenne. Ich finde ihn gut. Wer ihn so nicht will, kriegt das Buch gar nicht.

Sebastian meint, ich solle Kinderbücher schreiben. Vielleicht sogar für Erwachsene. Ich hätte so viel Phantasie und so viele Geschichten in mir. Ja, er weiß, wovon er redet. Er hat eine Sammlung Kartengeschichten von mir bekommen. Ja, die Liebe beflügelt – auch die Phantasie.

Um ins Fernsehgeschäft einzusteigen, würde ich meinen Urlaub opfern. Na, opfern ist ein großes Wort, wenn man zurückdenkt, was ich über meine letzte arbeitsfreie Woche ein paar Seiten vorher geschrieben habe.

Nee, echt, habe einiges angeleiert. Nur so richtig in die Gänge kommt es nicht. Elisabeth (Hessischer Rundfunk) war längere Zeit krank und hat zurzeit keine Produktion laufen. Stefan (Westdeutscher Rundfunk) hat gerade seinen letzten Dreh in Hongkong gemacht und geht jetzt für mindestens ein Jahr nach New York. André (Westdeutscher Rundfunk) habe ich ein Fax geschickt, aber telefonisch habe ich ihn noch nicht erreicht. Christian (freier Kameramann) hat immer, wenn ich Zeit habe, gerade Flaute und Rainer (arte) hat so viel zu tun, dass er mich nicht unterbringt.

Nein, nur keine falschen Vorstellungen. André und Stefan kenne ich nicht persönlich. Sie sind Freunde von Freunden. Christian ist der Bruder eines Freundes von mir, Elisabeth die Schwester des Schwagers meines Ex-Freundes (klar?!) und Rainer ist der Ex-Mann einer Freundin. Zu behaupten, dass ich die Leute kennen würde, wäre echt übertrieben. Aber ich habe sie halt angequatscht und gefragt, ob ich ihnen bei der Arbeit mal über die Schulter schauen dürfte. Es ist verrückt, wie viele Fernsehleute aus dem Nichts auftauchen, wenn man Freundinnen und Freunden erzählt, man würde gern mal beim Fernsehen reinschnuppern. Nur *dort* ist man dann noch lange nicht.

Neue Leute lerne ich zurzeit ständig kennen, aber nur wenige bleiben als Bekannte hängen. Jaja, ich weiß:

hohe Erwartungen und Ungeduld.

Mich zu bilden finde ich spannend. Ich lerne gerne Neues. Aber was ich im Augenblick gerne lernen würde und mit welchem Ziel, ist mir noch nicht bekannt. Außerdem liegen viele Veranstaltungen am Wochenende und – nee, da geh ich (noch) lieber tanzen, schwofen und danach ausschlafen.

Doch man sieht, ich arbeite – halbherzig – an meinen Lebensalternativen. Ist ja auch nicht ganz einfach. Denn, wozu soll ich mir z. B. eine Haus-WG suchen, wenn ich ins Ausland gehen sollte und vice versa.

Als erstes sollte ich meine Träume und Wünsche ordnen. Falls das geht. Und dann kann ich wieder steinbockmäßig zielstrebig daraufzu arbeiten.

Zwischentöne

»Na, und, wie geht's dir?«

»Gut!«

Ein warm-lächelnder Blick.

»Ich glaub dir das nicht. Komm her!«

In den Arm genommen, gedrückt werden. Wissen, ich brauche nicht ... Es geht mir nicht gut und es muss mir nicht gut gehen. Ich kann sein, wie ich bin und wie ich fühle: traurig, müde ...

McDonald's

Meine Freundin Geli und ich haben einen neuen und in unsrem Frauenleben wichtigen Tag kreiert: Der McDonald's-Tag.

Lebensfrust, durch Männer verursacht, lässt sich nirgends besser bequatschen als bei McDonald's. Unsrer ist ein ganz spezieller. Er liegt an der Autobahn neben einer Tankstelle und einem Rasthof in sonst landschaftlich reizvoller Gegend mit Blick auf Kaiserstuhl und Schwarzwaldvorberge. Zwischen uns und diesen Naturschönheiten liegt ein großer Parkplatz, ein Spielplatz, stehen Autos und Lkws. Doch durch die großen Fenster scheint die Sonne warm auf einen und man empfindet fast Urlaubsstimmung.

Für ein McDonald's-Treffen verabreden wir uns spontan von Büro zu Büro. Wenn möglich lassen wir die jeweilige Arbeit direkt fallen oder beenden sie möglichst schnell. Denn einer von uns – oder uns beiden – geht es so beschissen, dass klar denken nicht mehr angesagt ist und dann ist arbeiten eigentlich auch nicht mehr möglich.

Und dann sitzen wir bei McDonald's am Tisch. Um uns fremde Menschen, die wir und die uns nie wieder sehen werden. Das ist ganz wichtig, denn dann kann man unbedacht laut reden, beobachten, lästern. Vor uns steht ein Tablett mit Hamburger, große Pommes, Chicken McNuggets und allen vier Soßen plus Mayo und Ketchup. Die Soßen sind ganz wichtig. Als Getränk gibt's Cola Light, wir sind ja gesundheits- und schlankheitsbewusst (hihi).

Dann wird erzählt und erzählt, aller Frust wird ausgekotzt, während all die Fast-Food-Produkte reingestopft werden. Die Sonne scheint, aber so unwirklich warm durch die große, dicke Scheibe – wie aus einer anderen Welt. Es könnte auch 'ne künstliche Sonne sein und das ist gut so, denn Sonnenschein und Frühlingswetter, Blumen und Käferchen passen nicht zur Stimmung. Sie belästigen eher. Denn, wie kann es um mich rum so schön sein, wenn's mir so scheiße geht. Nein, ich habe keine Lust, die Schönheit zu sehen und zuzulassen.

Zwischendurch schauen wir uns die Leute an, die um uns rum sind, kommen und gehen. Wir sitzen kundengenerationenlang da. Essen noch was Süßes obendrauf. Die Menschen neben uns hier sind es, die unseren McDonald's-Tag besonders machen: Pickelige, gelangweilt aussehende Teenager; Familien: Papa dick, Mama dick, 10-jähriger Sohn dick, 2-jährige Tochter dick und dann der Umgangston, das In-sich-rein-Gemampfe, das ›Du-bleibst-sitzen-und-isst-auf‹ (damit du fett wirst und nicht dick bleibst!); Lkw-Fahrer; Gruppen und Einzelpersonen. Die wenigsten sind interessant, attraktiv und ansprechend. Aber solche brauchen wir an solchen Tagen auch nicht. Sozialstudie auf breiter Ebene, distanziert und doch mittendrin – wunderbar!

Ein, zwei Stunden bei McDonald's an der Autobahn und es geht uns schon viel besser.

Nie wieder

Es gibt verschiedene Phasen von ›Nie wieder‹. Zuerst denkt man: ›Nie wieder finde ich jemanden, der so gut zu mir passt.‹ Nie wieder jemanden, mit dem ich das alles machen kann. Nie wieder jemanden, der so auf mich eingeht, den ich so lieben kann. Gesucht wird der Ideal-mann.

Dann kommt die Phase ›Nie wieder find ich jemanden, der nett ist‹. Man ist noch hoffnungsvoll, frei von Vergleichen und offen für neue Begegnungen. Aber man begegnet nie jemand. Nie wieder findet man jemanden. Doch ein Funke Hoffnung ist noch da.

Als nächstes wird daraus: ›Nie wieder finde ich überhaupt jemanden.‹ Es braucht niemand sein, der zu einem passt, man hat keine Vorstellungen, keine Ideale mehr. Man will nur einfach jemanden. Und man hat das Gefühl, nie wieder findet man überhaupt jemanden. Man hat den Glauben verloren. Sich damit abzufinden, ist der erste Schritt gefunden zu werden. Und zwar nicht überhaupt, sondern einmalig.

Reiß dir den Arsch auf, Mädel

»Los Mädel, reiß dich zusammen! Reiß dir den Arsch auf! Mach was! Haben wir nicht Sport studiert?«

Ich weiß genau, was mein Studienkollege meint. Ich kenne dieses Gefühl.

»Du kannst es doch! Geh joggen, los, geh joggen!«

Joggen?

»Ich hasse Joggen.«

»Was heißt, du hasst Joggen? Das ist die einzige Chance, dass du den Arsch aus dem Sand bekommst. Du hast die Möglichkeiten, also mach was draus.«

Ich kenne dieses Gefühl. Und trotzdem will ich es nicht. Nicht jetzt, einfach nicht jetzt.

»Hey, Mädel, du hast das gelernt. Du hast gelernt, dass alles in dir drinsteckt. Dann zeig auch, was in dir steckt. Geh los und mach was. Geh! Reiß dir den Arsch auf! Mach was! Häng nicht so rum. Du kannst es.«

Ich möchte aber nicht, ich will nicht. Ich will faul sein. Ich möchte, dass mich jemand mitnimmt. Ich möchte nicht allein. Und doch weiß ich genau, was er meint. Ich kenn dieses Gefühl. Den Arsch aufreißen, etwas für mich tun. Einfach nur rennen und den Schmerz spüren. Meinen Schmerz spüren. Meinen Körper spüren, mich selbst spüren. Stark sein, Kraft haben. Wenn ich Kraft habe – körperlich – habe ich auch Kraft innerlich.

Du weißt, alles ist in dir drin. Ja, alles ist in mir drin. So gut verschlossen. So weit weg. So unangreifbar. Wie soll ich da nur drankommen? Verborgen und trotzdem vertraut. Sport studiert, Deutsch studiert. Genauer: psychoanalytische Literaturinterpretation. Nicht nur den Körper, kenn auch die Seele. Die Psyche. Weiß, wie ich an was rankommen kann. Weiß, wie ich was zu analysieren habe. Aber jetzt, an mir selbst ... ich will nicht. Verdammte Scheiße – lass mich in Ruhe. Ich will lieber nur bei anderen sehen. Bei mir hinsehen will ich nicht. Der Spiegel ins Innere soll wegbleiben. Hau ab!

»Los, Mädel, mach was. Es steckt alles in dir. Keiner kann dir die Energie geben.«

Keiner? Ich weiß nicht. Ich soll doch auch immer anderen Energie geben. Warum gibt mir keiner Energie? Aber ja, es stimmt eigentlich: Alle Energie ist in (mit?) mir. Also, los. Auf geht's! Reiß dir den Arsch auf, Mädel!

Im Leben auftauchen - oben schwimmen

Ich ziehe durch die Nacht – nächtelang. Blicke in Gesichter. Kenne keines davon.

Dann zwei.

Drei.

Woher kenne ich das und von wo jenes? Nicht von hier. Nächte mischen sich. Gesichter bekommen Namen, werden ein ›Hallo!‹, bleiben bei mir für 'ne Zigarette oder ein Bier.

Dort ein Lächeln, klar, wir kennen uns. Kennen ist der falsche Ausdruck. Es ist ein Erkennen. Wie beim Memory: Zu jeder Disco gehören bestimmte Gesichter. Falsches Gesicht in falschem verrauchtem, flackernd beleuchtendem Tanzraum bringt Verwirrung, dauert seine Zeit, bis es eingeordnet ist.

Jeden Freitag und Samstag ›Jazzhaus‹. Immer die gleiche Musik in ähnlicher Reihenfolge. Wenige Gesichter vertraut, viele ständig wechselnd, aber vom Typ her konstant. Das gleiche sonntags im ›Agar‹. Tiefer tauchen geht nicht.

Es ist wie früher im Schwimmbad. Luft holen, abtauchen und immer in gleicher Tiefe ein fast unerträglicher Druck, die Ohren beginnen zu sausen, die Luft geht raus, neue will rein, immer am gleichen Punkt lässt die Vorwärtsbewegung nach, kommt das hektische Umdrehen, das enttäuschte Auftauchen. ›Mist, wieder nicht weiter gekommen.‹ Hektisches, tiefes Atmen, neue Versuche, bis es genug ist.

Dann zieht man sich am Beckenrand hoch, liegt auf dem warmen Stein in der Sonne und plötzlich ist es warm und hell und klar und wunderbar.

Miss Zipp

Wenn ich mit dem Auto unterwegs bin, höre ich fast immer SWR 3. Morgens bringen sie die Sendung ›Zipp‹, in der jede Woche eine Miss Zipp vorgestellt wird. Eine Hörerin, die aus ihrem Leben berichtet. Immer öfter denke ich: Miss Zipp, das bin eigentlich ich. Ich bin nicht nur – wie Geli sagt – Little Miss Brainy, die Frau, die viel weiß, sondern ich bin eben auch solch eine Miss Zipp. Eine Frau, die was zu erzählen hat.

Wenn ich meinen Freundinnen und Freunden von der Idee erzähle, mich als Miss Zipp zu bewerben, lachen sie meist. »Du bist ja verrückt. Obwohl, zu erzählen hättest du schon genug ...«, sagen sie und in mir gärt es und ich denke: Wartet nur ab, irgendwann mach ich das. Ganz sicher! Irgendwann werde ich zu Hause bleiben und dort anrufen. Denn normalerweise bin ich zur Bewerbungszeit auf der Autobahn oder schon bei der Arbeit.

Und dann ist klar, jetzt ist es so weit. Bleibe Montagmorgen zu Hause, stelle den Wecker auf neun Uhr. Als er klingelt bin ich noch todmüde, da ich das Wochenende auf Achse war und Sonntagabend bis zwei Uhr in der Disco.

Dann kommt im Radio der Aufruf:

»Wir suchen die Miss Zipp der Woche.«

Schmier in Ruhe meine Creme ins Gesicht, singe, damit meine Stimme an Kraft gewinnt. Notiere kurz die Telefonnummer und probier's. Freizeichen, aber keiner geht dran. Na, Peter Knetsch wird auf dem Gang noch plaudern, denke ich. Schenk mir 'nen Kaffee ein, gebe Milch und Zucker dazu, notiere mir, was ich alles zu erzählen habe, trink 'nen Schluck und wähle die Nummer noch einmal. Nach fünf Klingelzeichen hebt jemand ab.

»Peter Knetsch, SWR 3.«

»Hallo, ich rufe wegen Miss Zipp an.«

Ich soll erzählen, wer ich bin, was ich mache. Rede von meinem Studium, meiner Arbeit, der Weltreise, dem Buch, das ich schreibe und dass ich eine Fernsehproduktion plane. Peter fragt nach, ich ergänze und vertiefe ein wenig.

»Danke! Wir rufen vielleicht zurück.«

Ich will wissen wann, da ich allmählich zur Arbeit fahren sollte.

»Innerhalb der nächsten halben Stunde.«

Ich lege auf, ärger mich, dass ich alles nur so runtergespult habe, dass diese Aktion am Morgen läuft, wenn ich einfach noch nicht in den Gängen bin. Wenn ich mittags oder abends davon erzähle, flutscht alles nur so aus mir raus, find ich mich toll und überzeugend. Nie werde ich Miss Zipp, denke ich. Habe gar nichts zurückgefragt und überhaupt.

Die Wartezeit überbrücke ich mit unmotiviertem Blättern im Fortbildungsprogramm von Freiburg. Nach einer Weile beginne ich mich zu richten. Will gerade den Lippenstift auftragen, als das Telefon klingelt. Kann eigentlich nur SWR 3 sein. Wer vermutet mich sonst um diese Zeit zu Hause. Ich nehme den Hörer auf und melde mich.

»Hallo, hier Katrin Schmick, SWR 3. Stefanie, du bist unsere Miss Zipp!«

»Hey, super!«

Ich freue mich riesig, es hat geklappt. Aus etwa 50 Bewerberinnen haben sie innerhalb 20 Minuten mich ausgewählt.

Katrin erklärt mir kurz, wie alles abläuft: Sie wird mich in ca. 20 Minuten noch einmal anrufen und mir dann Fragen stellen, so dass ich mich vorstellen kann. Mittags wird sie sich bei mir im Büro melden, um den nächsten Tag zu besprechen. Okay, bis dann. Lege auf und bin total aus dem Häuschen.

Soll ich in Lahr Bescheid geben, dass ich später komme? Quatsch, komme montags oft erst gegen Mittag.

Suche eine Kassette, werfe sie in den Kassettenrekorder, stell das Radio in der Küche aus und stöpsle mir die Ohrhörer vom Walkman-Radio ein, sitze neben dem Telefon und warte.

Endlich klingelt es.

»Hallo, Stefanie. Katrin. Wir haben noch zwei Minuten. Ich gebe dir jetzt noch Musik aufs Ohr und wenn ich dich dann anspreche, sind wir auf Sendung.«

Alles klappt! Gebe mein erstes Live-Interview übers Radio! Habe keinen Hänger und keinen Aussetzer. Bin total aufgeputscht.

Fahre zur Arbeit, spiele allen meine Kassette vor, rufe zwei Tageszeitungen an. Mittags gebe ich Interviews, werde fotografiert.

Die Woche verläuft turbulent, gibt mir aber einen riesigen Kick. Habe Energie wie nach der Weltreise.

Dienstag erzähle ich von meiner Arbeit als Leiterin des Projekts Ost-West-Integration an der VHS, Mittwoch über meine Weltreise, Donnerstag werde ich über mein Buch und die geplante Fernsehproduktion interviewt. Am Freitag erzähle ich von meinem Traum in einer Hausgemeinschaft zu leben. Außerdem kann ich an diesem letzten Radiotag ein Stück aus meinem schriftstellerischen Werk vorlesen. Den Abend zuvor hatte ich mit Geli und Gerd ›Kleinigkeiten‹ dafür ausgesucht.

Es geht mir gut, ich schwebe, bin trunken vor Erfolg, Stolz und Anerkennung. Strahle Selbstbewusstsein und -sicherheit aus, Freude und Glück. Und wie ein Spiegel wirft mir die Umwelt meine Stimmung zurück. Alle lächeln mich an, drehen sich nach mir um. Ein herrliches Gefühl im Mittelpunkt zu stehen und dieses Gefühl zu genießen. Ich bade in der Sonne meines Herzens.

Miss Zipp – der Zipper

Nein, ich weiß nicht, woher der Name Zipp kommt. Aber er erinnert an ›zipper‹ – englisch – der Reißverschluss. Und genauso fühlt es sich an, genauso ist es. Ein Reißverschluss öffnet sich. Das Dunkle, Enge, Eingezwängte öffnet sich. Ich öffne mich.

Bisher war Zapping angesagt, ruheloses Dahinsausen. Jetzt scheint die Mitte gefunden zu sein. Auch der Reißverschluss liegt oft in der Mitte. Nun öffnet er sich und lässt gleichmäßig die Energie raus. Oder rein? Egal, es ist gut. Es fühlt sich klasse an.

Noch einmal tauche ich ins Nachtleben ein. Exzessiv! Freitag, Samstag, Sonntag. Ich spüre, es wird das letzte Mal so intensiv sein. Es hat seinen Reiz verloren. Alles Zwanghafte ist weg, wirkt fast lächerlich.

Einen Fehler begehe ich noch, doch auch dieser fühlt sich an – so schmerzlich er im Augenblick ist – als ob er getan werden müsste. Lass mich zu einem heftigen Flirt hinreißen. Opfere einen interessanten Mann meiner Lust. Lass mich treiben, obwohl ich merke, dass ich es nicht tun sollte.

Er ist klasse. Hat so vieles, was ich suche, mir erträume und ich kann nicht langsam machen. Es tut verdammt weh, als ich spüre, dass ich zu schnell zu viel gelebt habe, mir und vielleicht ihm keine Zeit gelassen habe.

›Kleinigkeiten‹ fällt mir ein. Kaum 36 Stunden, dass ich es über Äther vorgelesen habe und schon fehlt wieder nur der Windhauch. Er kommt. Und es bleibt ein schaler Geschmack.

Ich merke, dieser Mann ist anders als die Flirts davor. Aber jetzt ist es zu spät. Wir waren uns zu nah –

körperlich zu nah. Ich kann es nicht mehr rückgängig machen, das Ende nicht abwenden. Aber ich weiß, es war wirklich ein Opfer und – verdammte Scheiße – es war zu groß.

Jetzt ist Schluss!! Neues soll beginnen.

Ran an die Buletten

Die Welt ist voller Menschen und etwa die Hälfte davon sind Männer. Na, ist doch klasse. Da hab ich ja reichlich Auswahl.

Jeden Tag werde ich jetzt einen Schritt auf einen zugehen. Nein, nicht nur auf die Supertypen, sondern einfach auf den, der etwas zum Anquatschen bietet. Ob groß, ob klein, dick oder dünn. Irgendetwas Ansprechendes muss er haben und dann ran an die Buletten.

Gestern hat's schon ganz gut geklappt. Als ich eine Freundin besuchen wollte, traf ich vor ihrem Haus einen Mann. Nichts Aufregendes, einfach nur Durchschnitt, aber auch nicht unsympathisch. Im Vorbeigehen bemerkte ich, dass sein Schuhbändel auf war. Fast gleichzeitig fiel es ihm auf, aber trotzdem kam ich zuvor und wies ihn darauf hin. Er bedankte sich, ließ noch 'nen netten Spruch ab und verabschiedete sich, als er die Haustür des Nachbarhauses aufschloss.

Wenn das kein Anfang war ... Einen Mann wahrzunehmen und anzusprechen, der mich gar nicht interessiert. Nicht einfach über ihn hinwegzusehen. Einen Typen anzureden, bei dem ich nicht gleich die Gedanken habe: ›Eignet er sich als Vater meiner zukünftigen Kinder? Kann ich ihn mir neben mir im Altersheim vorstellen? Ob er wohl ein guter Liebhaber ist?‹ Stimmen Größe, Figur, Auftreten, Hände, Augen, Lächeln ...

Einkaufen

Kurz nach sechs. Die beste Zeit, um den passenden Mann fürs Leben zu finden. Alle haben Feierabend und müssen noch schnell einkaufen gehen. Also, auch ich. (Ist grad ein ganz Süßer vorbeigefahren. Autobahnausfahrt! Scheiße. Immer die falsche Richtung, immer sitzt man im Auto. So klappt's nicht.)

Der Richtige muss jetzt nur im Supermarkt sein und Pizza kaufen. Dann hat er heute gute Chancen, dass ich ihn anquatsche. Denn das passt zum Motto der aktiven Single-Frau: Jeden Tag 'nen neuen Mann ... ansprechen, kennen lernen.

Vor mir der Mann am Steuer schaut schon ganz irritiert in den Rückspiegel, weil ich, die Frau hinter ihm, mit dem Diktiergerät im Auto sitze. Jetzt traut er sich schon nicht mehr zu schauen. Und der Typ hinter mir ist zu jung, zu freaky. Schade.

Eigentlich müsste ich gar nicht einkaufen gehen. Und dann, wo geht Single-Mann einkaufen? Kleines Geschäft, großes Geschäft? Ökomarkt? Wertkauf? Neukauf? Aldi? Krämerladen? Supermarkt? Was kaufe ich ein, um welchen Mann kennen zu lernen? Ha, vielleicht sollte ich Unterwäsche kaufen gehen oder Herrenhemden oder Socken oder irgendetwas anderes. Keine Ahnung ...

Handelshof! Ja, da müsste es klappen. Ein großer Laden, viel Kundschaft, viel Zeit um durch die Gänge streichen und Ausschau zu halten.

Gleich am Gemüsestand der Erste. Aber warum kauft der so viel? Sicher nicht nur für eine Person.

An der Kühltheke ein blonder Wuschelkopf. Nicht schlecht! Mist, der Einkaufswagen mit der passenden Frau taucht zwischen den Regalen auf.

Halt, dort jongliert einer seinem Freund mit Dosen vor. Zu jung.

Zwei Runden durchs ganze Geschäft. Vielleicht sollte ich es besser auf der Jogging-Strecke probieren als im Supermarkt.

Bin beladen mit Obst und Gemüse für Tage – na, wenigstens was Gesundes – und trotte zur Kasse. War wohl nichts.

Hoppla, da schüttelt einer die Überraschungseier durch. Stehe an der Kasse hinter ihm.

»Können Sie wirklich hören, was drin ist?«

»Manchmal. Leider nicht immer.«

Aha, interessant. Was man alles über Kinderüberraschungen erfahren kann. Er hofft, dass er das Richtige erwischt hat. Ich wünsche ihm viel Glück. Als er alles eingepackt hat, dreht er sich noch einmal um.

»Tschüss!«.

Na, also, geht doch.

Autobahn-Flirt

Gibt's auf der langweiligen A 5 was Spannenderes als mit seinem Vorder- oder Hintermann – oder jeweils wechselnd – ein kleines Flirtspiel zu machen?

Langsam fahren, überholt werden, bisschen schauen, Gas geben, überholen, noch mal 'n bisschen schauen. Langsam fahren, überholt werden, nicht schauen, schneller fahren, überholen, vielleicht ganz kurz schauen.

Und dann, wenn endlich einer angebissen hat, dann geht es ganz rhythmisch, fast wie von selbst: langsam, schnell, einmal er, einmal ich. Einfach spannend. Mal lächeln, mal nicht.

Oh Gott, hoffentlich schafft er es noch, vor dem anderen zu überholen, so dass ich ihn nicht verliere in der riesigen Blechmasse.

Geeignet ist Freitag zwischen 15 und 17 Uhr. Da ist mords was los, der Verkehr ist schleichend. So hat man viel Zeit zum Schauen. Und man kann Stück für Stück nebeneinanderher fahren. Schade, wenn uns dann eine Ausfahrt trennt ...

Hilfe

Was mach ich im entscheidenden Augenblick?

Ich sehe ihn, den Mann meiner Träume. Er sieht mich, die Frau seiner Träume. Wir lächeln, wir lächeln, wir lächeln ... und dann??

Was, wenn es einfach auf der Straße ist, im Kaufhaus, im Parkhaus, irgendwo – auf dem Parkplatz ... auf der Post, in der Bank. Hilfe, was mach ich dann?

Tausend Ideen überlegt: Ich lade ihn zum Kaffee ein. Mhm? Wo ist das nächste Café? In welches lade ich ihn nur ein?

Ich gebe ihm meine Telefonnummer. Quatsch! Warum gebe ich ihm meine Telefonnummer?

Ich lasse das Taschentuch fallen wie einst Gretchen. (Hatte sie ein Taschentuch?) Taschentuch? Ein verrotztes, lumpiges Tempo? Mhm?

Ich stolpere und verstauche mir den Knöchel. Ich stolpere nie! Und überhaupt, was mache ich, wenn ich stehe und gar nicht gehe? Wie soll ich dann stolpern? Und über was?

Ich mache ihm ein Kompliment. Über irgendwas. Wird mir schon was einfallen. Über die schöne Jacke, die er anhat. Über die tollen Schuhe, die Brille – irgendwas – sein Fahrrad. Und dann ...?

Ich sage kurz »Wow! Ich möchte Sie kennen lernen.« Blödsinn!

Ich falle in Ohnmacht. In Ohnmacht falle ich sicher zu Hause, wenn ich mich grün und blau ärgere, dass ich wieder nicht wusste, was ich machen soll.

Wie – verdammt und zugenäht – kann ich nur weitermachen, wenn mir einer gefällt?

Tipp 1: Überleg dir nichts, denn in der passenden Situation wird es dir sowieso nicht einfallen.

Tipp 2: Überleg dir nichts, denn es wird keine passende Situation geben, auf die du das Überlegte anwenden kannst.

Tipp 3: Überleg dir nichts, denn nichts geht über Spontaneität.

Und was lernen wir daraus? Die besten Ratschläge taugen nichts.

Apfelkuchen

Das wilde Nachtleben ist vorbei. Trotzdem werde ich hin und wieder tanzen gehen, flirten. Um aber nicht der Versuchung zu erliegen, einen Mann ›erlegen‹ zu müssen bzw. ihm erlegen zu sein, muss etwas dazwischen geschoben werden. Etwa zwölf Stunden Aufschub. Länger halte ich nicht aus, wäre nicht realistisch.

Die Zurückweisung durch meinen allerersten Freund, also des ersten Mannes in meinem Leben, und die Abweisungen meines langjährigen Partners haben solch komische Strukturen in mir keimen lassen, dass ich oft nicht rechtzeitig die Kurve kratzen kann. Ich will es dann einfach wissen, muss so lange flirten und baggern, graben, dranbleiben, bis ich geküsst werde. Und dann reicht es manchmal immer noch nicht. Ich will sie nicht wirklich, diese schnelle Tour. Ich muss mir nur beweisen, dass ich haben kann, was – oder besser – wen ich will. Bei den wichtigen Männern in meinem bisherigen Leben habe ich es oft nicht bekommen, also kriegen die anderen gar nicht erst die Chance, mich zu verletzen. Ich tu mir das selbst an.

Genug damit! Das Motto heißt ›Apfelkuchen‹.

In Zukunft werde ich im kritischen Moment Abschied nehmen, den Mann jedoch für den kommenden Nachmittag einladen.

»Ich habe heute einen Apfelkuchen gebacken. Hast du nicht Lust, den morgen Mittag mit mir zu essen?«

Apfelkuchen. Apfel. Wie symbolisch. Die verbotene Frucht. Wie erotisch. Im ›Grünen Heinrich‹ gibt es eine lustvolle Stelle: Judith hat gerade Äpfel gepflückt, riecht nach Apfel und Heinrich raubt es alle Sinne.

Im Sommer wird es Erdbeerkuchen sein. Auch damit verbinde ich Literarisch-Sinnliches: Stifters Novelle, ›Das Erdbeermädchen‹, voller natürlicher Lebenslust und versteckter sexueller Anspielungen.

Und mit meinem Apfelkuchen-Trick habe ich – und hat er – zwölf Stunden gewonnen, um einen klaren Kopf zu bekommen, um das Besondere der Nacht herauszunehmen, um ihn und die ganze Situation bei Tageslicht zu betrachten. Und die Zeit wird rasen. Denn ich muss schnell schlafen, fit sein, gut aussehen, duschen, Haare waschen, Bude aufräumen – Kuchen backen, diesen auskühlen lassen, da er offiziell ja schon lange gebacken ist.

Super Idee! Ich freue mich schon darauf, sie auszuprobieren.

Single-Freiheit

Als Single habe ich sehr viel Zeit für mich. Setze mich mit mir auseinander, bedaure und bemitleide mich, putsche mich hoch. Schmeichle mir selbst. Ich bin ich, ohne aktuelle Störung von außen. Ich kann alles machen, was ich will. Brauche keine Rücksicht zu nehmen und keine Kompromisse einzugehen. Es gibt keinen Partner, der eifersüchtig ist, wenn ich mit 'ner Freundin ins Kino oder tanzen gehe. Ich brauche meine Freizeit nicht mit jemandem abzusprechen. Ich fahre in Urlaub, mit wem ich will (wenn jemand mit mir will, Zeit und Geld hat). Ich muss von niemandem frei fragen.

70er-Jahre-Fete

Eigentlich wollte ich auf dem Heimweg von Hubi, Karin und Hannes nur kurz auf ein Bier im ›Jazzhaus‹ vorbeischauen. Wusste, dass Lutz und Klaus dort sein würden, also ein paar bekannte Gesichter.

Mann, gibt's was Besseres, als spontan wo reinzuschauen?

Die Stimmung ist gut und wird im Laufe des Abends einfach bombig. Fast alle sind im Alter zwischen 30 und 40 Jahren, denn diese Nacht gehört der Musik der 70er Jahre. Mit der Zeit wird überall getanzt, mit den Hüften gewackelt wie einst John Travolta, gebumpt, die Luftgitarre bearbeitet, mit dem Kopf geschüttelt – nur die langen Haare von damals fehlen.

Selbst wenn man nur beiläufig an der Theke steht und etwas trinkt, ertappt man den Nachbarn und sich selbst, wie man jeden Liedtext mitsingt. Jedes Wort, jede Pause, jede Betonung schon 100x mitgesungen, gegrölt, dahingeschmolzen.

Es geht so ab wie früher und es macht genauso viel Spaß. Damals auf der rollenden Disco, sonntagnachmittags, maximal bis 22 Uhr und heute Nacht bis drei Uhr früh. Wir sind jung und heute Nacht noch ein bisschen jünger. Partytime voller Nostalgie: Schlager, Rock und Disco.

Offen sein

Nicht in jedem Mann den Traummann sehen. Nicht hinter jedem Lächeln die vollkommene Nacht wittern. Nicht in jedem netten Spruch ein zukünftiges Eheversprechen hören. Nicht in jeder Verspieltheit den perfekten Vater erkennen. Offen auf alle Menschen zugehen. Ins Gespräch miteinander kommen. Sich langsam annähern.

Spiegeln

Ich lächle, ich strahle. Ist doch egal, wen ich anlächle oder anstrahle. Hauptsache ist ausgehen, strahlen, lächeln, nett sein. Denn alles wird zurückgespiegelt.

Jeden-Tag-Gebet

Jeden Tag möchte ich mit jemand ins Gespräch kommen. Jeden Tag werde ich jemanden etwas fragen, um Hilfe bitten – jeden Tag jemand anderen. Ob Mann, ob Frau. Einfach verschiedene Leute ansprechen. Ansprechen, anfragen, ausfragen, hören, was sie zu sagen haben, darüber lächeln, mich ärgern, reagieren. Jeden Tag.

Tralala

Ich fühl mich irgendwie überhaupt nicht singelig. Denk nicht daran, dass ich ein Single bin. Ideale Voraussetzung, einen Mann zu finden, wenn frau nicht auf der Suche ist. Und im Augenblick – pffff! Alles ist gut, interessant, wichtig, schön: die Menschen, die Bäume, die Natur. Mir geht's tralala.

Single sein

Ich flirte da, ich flirte hier, ich flirte dort. Da ein Blick, hier ein Lächeln, dort ein kurzes Gespräch, ein Nicken. Einfach wunderbar. Kann einfach geben und nehmen. Genießen, schauen, schmunzeln, lächeln – küssen?

Fang von einem das Lächeln ein. Werde angeschwungen von der Stimme eines andern. Vom Dritten mag ich die Berührung durch seine Hände. Vom nächsten begehr ich den knackigen Po. Schau ihnen nach, schau sie an, spreche mit ihnen, lach mit ihnen, dreh mich um, komm zurück.

Ich bin eine Frau und ich bin das gerne. Ich bin eine Single-Frau. Jetzt gerade bin ich auch das gern.

Sie sucht ihn: Single-Infobörse

Wer Single ist, kennt viele Singles. Wen wundert's, die moderne Welt ist voll von uns.

Singles leben ein eigenes Leben. Sie haben Zeit für sich, zum Rumreisen, für Freunde. Allein ist man nicht immer gern und deshalb auch nicht oft. Man lernt schnell, sein Leben zu organisieren, Termine zu vereinbaren. Einsam fühlt man sich trotzdem manchmal.

Unter meinen Freundinnen gibt es viele Single-Frauen. Tolle Frauen. Filetstücke, wie Birgit sagt.

Wenn wir uns treffen, sind wir schnell beim Thema: Männer. Wie sollte er sein? Wie und wo findet frau ihn? Wer eröffnet den Flirt? Was ist die beste Anmache? Wie geht es weiter? Wie stellen wir uns die Zukunft vor?

Unsere Pärchen-Freunde können bald nicht mehr auseinander halten, welcher Flirt gerade aktuell und welcher schon ›F 7‹ – gelöscht – ist.

Aber es ist nicht einfach, im großen Single-Puzzle das passende Stück zu finden. Klar dockt man mal mit dem einen oder dem anderen zusammen, aber das heißt noch lange nicht, dass mehr als irgendwelche einfachen Berührungspunkte übereinstimmen.

Beim Frau-zu-Frau-Gespräch werden Erfahrungen ausgetauscht, der Marktwert bestimmt: der eigene und der der Männer. Die Liebessuche ist ein Spiel. Ähnlich einer Lotterie. Es gibt mehr Nieten als Glückstreffer:

Karin hat über eine Kontaktanzeige ʼnen Typen kennen gelernt. Nicht grad ihr Fall, so rein vom Äußerlichen, aber wohl ganz nett. Und was hat sie nach drei Wochen davon? Ganz-Nett ist weg und 3.000 € Erspartes mit ihm.

Und Bine hat ʼnen Taxifahrer aufgetan. Taxifahrer hört sich so nach Taxifahrer an. Vielleicht sollte man eher sagen, sie hat ihn beim Taxifahren kennen gelernt?! Ja, ja, er war schon der Fahrer vom Taxi – also der Taxifahrer. Aber er kann wohl weitaus mehr, als denn nur Taxi fahren. So gabʼs ein paar Dates, nächtliche Telefonate, Herzklopfen, Knutschen, Sendepause. Jetzt fährt er wieder Taxi. Ohne Bine.

Telefonieren

Sonntagmorgen läuft die Telefonleitung heiß: Gabi, Karin dann Geli. Nicht Kirchenläuten sondern Telefongeklingel holen mich aus dem Bett. Bei einer großen Tasse Milchkaffee wird dann fernmündlich alles Wichtige durchgequatscht: Single-Infos oder Beziehungskisten. Hören wie's geht, was war, was sein sollte.

Wunderbar ist es auch, stundenlang mit Männern zu telefonieren: Axel, Reno, Hans-Jörg. Erfahrungsaustausch, Ratschläge. Männersicht. Deren Maschen und Tricks, Sorgen und Ängste, Träume und Wünsche kennen lernen.

»Kennst du das auch ...?«

Manches kenne ich selbst gut, anderes aus der Erzählung von Männern. Es tut richtig gut, mal so offen quatschen zu können. Mann will ja nichts von einem. Und Frau will nichts von ihm. Und außerdem ist man/frau ganz weit weg. Wir sehen uns nicht. Hören uns nur. Hören genau hin, denn kein Blick, keine Berührung lenkt ab. Wir kennen die Frauen und Männer nicht, von denen wir uns erzählen, nur die Gefühle, Erfahrungen, Erlebnisse. Es macht Spaß. Es gibt Denkstoff.

Ferner Mann

Was mache ich nur, wenn ein richtig guter Mann, den ich schon 'ne ganze Weile kenne, einfach weg geht. Weit weg.

Als er noch da war, konnte ich locker mit ihm schäkern. Mal 'nen Kaffee trinken gehen, bei der Arbeit am Kopierer einen blöden Spruch loswerden. Am Kaffeeautomat übers vergangene Wochenende erzählen. Sich necken, frotzeln, versteckt flirten.

Mit der Zeit weiß ich, was alles wichtig im Leben dieses Mannes ist. Er erfährt, was ich mag und vor allem, was nicht, z. B. Handys und Internet.

Ich bin natürlich nicht sein Frauentyp und er ist nicht der Männertyp, der gesucht wird. Oder doch?

Er will ins Ausland. Einen Traum verwirklichen. Etwas tun, was einfach getan werden muss. Ausprobieren.

Ich will auch ins Ausland. Nein, eigentlich will ich nicht. Also nicht allein. Eher als Flucht, als Alternative. Der eigentliche Traum sind ein Mann und fünf Kinder. Alles andere ist Ersatz. Aber ein Mann ist nicht in Sicht und der Nette will zwar Kinder – eins – aber keine Beziehung und schon gar nicht mit mir. Ich auch nicht mit ihm. Oder warum machen beide so cool?

Also geht er ins Ausland und ich bleibe da. Er hat die Adresse von mir und will mal 'ne Postkarte schicken.

Wochenlang passiert nichts. Gerne würde ich Kontakt aufnehmen. Aber ohne Grund und ohne Adresse? Ne, geht nicht.

Endlich ist ein Grund da. Er hat Geburtstag. Jetzt muss nur noch die Adresse her. Klar, er hat nur eine E-Mail-Adresse zurückgelassen. Eine E-Mail schicken? Diesem fernen Mann, der nicht mein Typ ist und dessen Typ ich nicht bin, der weiß, wie sehr ich Computerkommunikation hasse? Nein! Oder doch?

Jeder, der ihm elektronische Post schickt, will einen Gruß von mir dazuschreiben. Na, macht mal. Aber von mir aus mache ich nichts. Klaus hat in der Uni einen Anschluss, Charlotte zu Hause. Ob sie doch ... Nein!

Und dann, urplötzlich, gibt es eine Lösung. Sein Freund Martin, Kontaktperson in Deutschland, hat 'ne

Telefonnummer rausgefunden und gibt sie mir durch.

Und so rufe ich an. Weit in die Ferne. Hier, früh am Morgen, dort schon Nachmittag. Er freut sich riesig. Ich habe ein bisschen Herzklopfen. Und schon ist es wie immer: necken, frotzeln, hochnehmen. Tschüss, mach's gut. Auflegen. Er dort – ich hier.

Single-Party

Irgendwann trifft es jede(n): Eine Anzeige beantworten, ein Inserat aufgeben, Verkupplungsversuche von Freunden, der Besuch einer Single-Party.

Ich gehe nicht allein hin, sondern mit einem Mann. Auch Single.

An der Kasse zahlt er für uns beide.

»Sehe ich aus wie ein Single???«

Auf der Straße Schlange stehen war ihm schon ein Graus. Er wirkt ungeübt in der Situation. Ich glotze offen. Warum auch nicht. Schauen und angeschaut werden. Suche nach dem Mann, der Frau. Für einen netten Flirt, einen One-Night-Stand, zum ins Kino gehen, für 'ne Beziehung? Zum Heiraten und Kinder kriegen?

Überall kleben Kontaktzettel. Meist von Frauen. Wie Super-Sonderangebote hängen sie da. Die Ware ist mehr oder weniger ausführlich beschrieben. Der Preis fehlt, dafür steht ein Treffpunkt drauf. Fast immer an der Bar. Die Angebote, die ich beim Warten an der Garderobe lese, sind langweilig. Lesen sich wie Sauerbier. Weiter, rein in den Laden! Eine normale Disco, mitten in München. Das Publikum eher provinziell, im Alter zwischen knapp achtzehn und etwa sechzig. Die Musik ist furchtbar, aber zum Tanzen ist es sowieso zu voll.

Verrückt ist das Schauen. Es ist eher ein Taxieren und Abschätzen. Offen, direkt, rücksichtslos. Ein ganzer Saal von Menschen ist am Glotzen. Hemmungslos. Warum auch nicht? Es ist ja jede(r) wegen dem Einen da: den passenden Partner zu finden. Es schwingt keine Erotik, kein Flirt in der Luft.

Mein Kumpel und ich kämpfen uns einmal um die Tanzfläche. Manchmal bleiben wir stehen. Wir haben vereinbart, uns die Frau bzw. den Mann zu zeigen, die/ den wir interessant finden.

Nach 'ner halben Stunde verlasse ich die Veranstaltung in Begleitung. Mit wem? Na, mit dem, mit dem ich gekommen bin.

Der Gernhaber

Was man als Single-Frau unbedingt braucht? Einen Gernhaber. Und als Single-Mann eine Gernhaberin. Ich habe so einen. Er ist auch Single, was vieles einfacher oder einfach möglich macht.

Mit ihm kann ich alles erleben, was man sonst als beziehungslose Frau vermisst: lange Spaziergänge, zusammen auf 'ner Wiese liegen, Komplimente kriegen, sich für jemanden schön machen, in Begleitung auf Feste gehen, im Kino bei 'ner spannenden Stelle Händchen halten, jemanden in den Arm nehmen, gedrückt werden, zusammen frühstücken, sich gegenseitig Kontaktanzeigen vorlesen und bewerten, Nähe spüren, schmusen, Haut fühlen, sich aneinander kuscheln, morgens aufwachen, die Augen aufschlagen und in blinzelnde, lächelnde Augen schauen, ein tiefes, warmes »Guten Morgen« ins Ohr geflüstert bekommen, darum feilschen, wer Kaffee kocht und wer Brötchen holt, an der Hand genommen, zum Duschen eingeladen, nach einer Radtour massiert werden, neidische Blicke anderer Frauen wahrnehmen, ein bisschen Eifersucht spüren, wenn man mit anderen Männern flirtet ...

Mein Gernhaber wohnt 400 km entfernt. Also ein ganzes Stück weit weg. Und das ist auch gut so. Er ist nicht immer erreichbar und vielleicht auch deshalb etwas Besonderes. Manchmal telefonieren wir, um zu hören, wie's geht, was los ist, um zu jammern, zu erzählen oder um für einen Augenblick nicht allein zu sein: vor dem Ins-Bett-gehen eine nette vertraute Stimme hören, sich schöne Träume wünschen.

Etwa alle 6 - 8 Wochen besuchen wir uns. Mal da, mal dort. Und dann nehmen wir uns zwei, drei Tage richtig Zeit füreinander.

Das war nicht von Anfang an so. Er hat in Freiburg studiert, kennt Stadt und Leute. In der Zwischenzeit sagt er mir aber, bevor er kommt, was er alles vor hat, wen er treffen und besuchen will. Und so kann auch ich mir die Zeit einteilen und falle nicht aus allen Wolken, wenn er mir, wie einmal geschehen, beim Frühstück erzählt, dass er jetzt wieder weiterzieht.

Wir haben gelernt, dass ein Abend, eine Nacht und ein Morgen nicht reichen, um Freundschaft und Nähe zu leben. Eins von beiden kommt dann zu kurz und wenn schon, wollen wir beides auskosten können.

Ich genieße es auch, ihn zu besuchen, denn in der Stadt, in der er lebt, gibt es viel zu unternehmen. So finden wir immer wieder einen Grund für ein nächstes Mal.

Er ist gerade vorhin wieder einmal gegangen. Aber sein oder mein Gehen gehört zu unserer Freundschaft. Und wir wünschen uns ein »Bis bald!«, verabreden keinen neuen Termin, brauchen keinen auszumachen, denn es wird sich irgendwie ergeben. Knapp geplant, überraschend, unvorhergesehen und auch gerade deshalb wunderschön. Wir warten nicht aufeinander, aber wir sind füreinander da.

Tanz in den Mai

Überall duftet es nach Flieder, nach blühenden Bäumen, nach Blumen. Die Luft schwirrt und flirrt nach Frühling, nach Lust, nach Leben.

Walpurgisnacht, Hexennacht. Nacht voller Erotik, eine besondere Nacht. Ich will dieses Schweben, dieses Triebhafte in der Natur leben können, leben mit einem Mann, den ich kenne – mit meinem Gernhaber.

Ich weiß nicht genau wann, aber irgendwann wird er vor mir stehen. Ich freu mich auf ihn.

Wenn er dann da ist, ist es nicht nur Freude, sondern es ist Erotik pur, Geilheit; aufreizend, anmachend. Seine Bewegungen, sein knackiger Po, sein erstes Lächeln – und ich weiß jetzt schon, wie er sich anfühlt. Ich könnte ihn sofort umschlingen, aufsaugen, berühren, betören. Aber das wirklich Aufregende daran ist der Gedanke, das Vorspiel, das langsame Herantasten, die erste Berührung, das Tanzen, das Lachen, das Zusammensein mit Freunden, das Schäkern, das Sich-näher-Kommen, das Nachhause-Gehen. Wir können es nicht erwarten und trotzdem halten wir uns zurück, denn eigentlich und überhaupt müssen wir uns nicht zurückhalten. Es kann einfach fließen, kommen, lebendig sein, zusammenschmelzen, eins werden.

Er könnte keine bessere Nacht wählen, um mich zu besuchen.

Ich fühle ›Der Mai ist gekommen ... der Lenz ist da‹.

Erotische Anziehung

Kann man Zufall steuern? Nehme ich anders wahr, strahle ich anderes aus, frage ich anders, verhalte ich mich anders, rede ich über anderes anders, höre ich anders hin, wenn ich an einer Person etwas interessant finde? Führe ich dann andere Gespräche?

Wenn jemand sich für einen Menschen interessiert, interessiert er sich auch für Kleinigkeiten. Plötzlich tauchen diese Kleinigkeiten in meinem Alltag auf. Jeder kennt diese Situation und trotzdem, wenn man sie erlebt, kribbelt es immer wieder neu. Wenn man jemanden mag, ist es ein schönes Kribbeln.

Da gibt es einen, den ich interessant finde. Ich spreche mit Bekannten und auf einmal stellt sich heraus, dass sie ihn auch kennen. So schließt sich ganz schnell der Kreis. Wir unterhalten uns über ihn, obwohl wir vorher nicht wussten, dass jeder von uns mit ihm bekannt ist.

Er ist im Ausland. Gerne würde ich ihn dort besuchen. Niemand weiß davon. Plötzlich berichtet mir ein Freund von seinem eigenen Aufenthalt in diesem fernen Land. Ich werde hellhörig. Es interessiert mich. Hätte er es mir auch erzählt, wenn ich nicht die Idee in mir hätte, dorthin zu fahren? Da dieser Freund nichts von meinem Plan weiß, habe ich ein Lächeln in mir, ein Kribbeln, eine imaginäre Verbindung zu dem, den ich gern besuchen möchte. Zufall? Telepathie? Kraft der Gefühle?

Zahnärzte

Heute ist an der Volkshochschule, an der ich angestellt bin, eine Fortbildung für Zahnärzte. Viele Männer, denen ich in den Pausen begegnen kann. Nur zwei Frauen. Männer mit viel Geld. Mit viel Geld? Viel Geld! Potentielle Ehemänner?

Kopiere wie eine Verrückte. Dinge, die ich schon drei-, viermal in meinem Büro liegen habe. Immer wenn eine Kaffeepause ist – der Kopierer steht genau neben der Kaffee-Ecke – bietet es sich an, eine Kopie von diesem und jenem zu machen. Ist gar nicht so einfach, passendes Material rauszusuchen. Denn, falls einer draufschauen sollte, also falls Mann - sprich Zahnarzt - draufschauen sollte, müsste es ja was Interessantes sein. Schaut natürlich keiner. Aber ich kann in Ruhe rumschauen. Schauen, was so geboten wird. Ja, einige sind im passenden Alter und sehen ganz nett aus. Vielleicht ein bisschen zu clean, dekadent, chic, modisch. Zum Glück habe ich heute mein grünes Minikleid, grüne Sandalen und grüne Ohrringe an. Also schon auch was zum Hingucken.

Da wunderbares Wetter ist, gehen einige in der Pause raus in den Sonnenschein, um eine Zigarette zu rauchen. Tja, und da kann ich endlich mal wieder zuschlagen. Die Frau, die raucht, aber kein Feuer hat. Natürlich nur, um weniger zu rauchen. Und es findet sich auch wirklich ein netter, junger Zahnarzt, der mir Feuer gibt. Und so komme ich mit dreien ins Gespräch, was das für eine Fortbildung ist, von wem sie veranstaltet und finanziert wird.

Und was machen die tollen Männer dann? Sie spielen mit ihren Handys und Taschencomputern. Sitzen nebeneinander und tauschen Klingelsignale. Einfach klasse! Genau das, was ich an Männern liebe.

Zahnarzt als möglicher Partner? Gar nicht so einfach in der Menge auszumachen. Von meinem Freund Hubi, seines Zeichens Zahnarzt, weiß ich, dass Zahnärzte fast nie einen Ehering tragen, da sie ihn eh nicht unter den Gummihandschuhen anziehen können und was sonst noch alles: Hygiene, ständiges Hände waschen und ähnliches. Also echt nicht einfach, den passenden, unbesetzten herauszufischen.

Außerdem kann mich deren adrettes Aussehen nicht blenden. Ebenfalls von Hubi weiß ich, wie lange ein Arbeitstag bei einem Zahnarzt dauert und was junge Zahnärzte heute verdienen. Das ist nicht gerade traumhaft im Vergleich zum Zeitaufwand, den sie haben.

Und ich möchte nicht mit einer Praxis verheiratet sein, geschweige denn mit Sprechstundenhilfen.

Ich suche jemanden, der ganz viel Zeit für mich hat und keinen, der vielleicht Geld hat, mir ständig von lästigen Patienten vorjammert, von Abrechnungsverfahren, Gesundheitsreform, von neuen Behandlungsmethoden – die ich alle schrecklich finde, denn ich gehe äußerst ungern zum Zahnarzt – von Praxisgründung und Zahnärztekammer-Stress.

Habe auch nicht vor, mich über meinen Mann zu definieren. Definiere mich selbst ganz gut. Welche emanzipierte Frau will heute noch als die Frau von Doktor Blabla angesprochen werden? (Wollten das Frauen früher?)

Zahnarzt – wohl eher kein gutes Schnäppchen?

Frauengespräche

Ulrike, eine Kollegin von mir, leitet einen Frauen-
gesprächskreis, an dem auch ich öfters teilnehme. Er
heißt ›Warum streiten Mütter und Töchter?‹. Es geht um
den Generationenkonflikt in der Familie. Die Teilnehmerinnen sind zwischen Anfang Dreißig und Mitte
Fünfzig. Alle – außer mir – sind Mütter. Ihre Kinder sind
zwischen zweieinhalb und einunddreißig. Alle sind wir
Töchter.

Sicher war meine Tochterrolle eine ungewöhnliche,
da meine Mutter schwer erkrankte, als ich knapp zehn
Jahre alt war. Deshalb konnte sie ihre Mutterrolle nicht
so wahrnehmen. Mutter-Tochter-Gespräche gab es in
der Form bei uns nicht. Auch die Frauengespräche mit
meiner Schwester waren nicht immer einfach, da sie als
die zehn Jahre ältere oft die Mutterrolle übernehmen
musste.Sie durfte zum Beispiel mitreden, wie lange die
›Kleine‹ fortbleiben durfte.

So ist es für mich total spannend, an diesem Gesprächskreis teilzunehmen. Oft bleibt mir fast die Spucke
weg, der Atem stehen, wenn ich feststelle, wie schnell
Frauen offen miteinanderreden. Es fällt mir selbst nicht
(mehr) schwer mitzureden. Doch manches Mal rutschen
wir in Themen rein, bei denen ich immer noch verblüfft
denke: ›Wow, toll, wie Frauen sich öffnen können!‹

Kürzlich war ich bei einem Geburtstag eingeladen.
Elvira wurde vierzig. Außer zwei Männern, die bald
außen vor blieben, waren nur Frauen da, im Alter zwischen vierundzwanzig und gegen siebzig. Und auch dort
war schnell alles Förmliche, alles Offizielle abgelegt. Wir
waren sofort beim Du, wir waren mitten im Gespräch.
Es wurde über Schwierigkeiten und Freuden im Beruf,

in der Familie, Erziehung, Partnerschaft erzählt. Mit einer Offenheit, wie man sie in einer gemisch-ten Runde kaum vorfindet.

Was Frauen sich erzählen, ist einfach toll. Wie schnell sie auch über Schwächen und Schwierigkeiten sprechen können, bereit sind, sich zu öffnen, sich angreifbar zu machen. Auch Frauen, die ich nicht gut kenne, erzählen mir Dinge – ja, früher hätte ich da gerne manchmal weggehört – aber jetzt höre ich hin, frage nach, denn ich kann auch erzählen und ich werde gehört. Ich bin nicht allein.

Stundenlang können solche Gespräche gehen. Die Zeit vergessen.

Männer fragen dann oft:

»Was habt ihr denn so lang zu reden?«

Für sie ist eine Sache viel schneller abgehakt, erledigt. Während Frauen nachhaken, nachfragen, ihre Meinung mit einbringen. Es wird nicht nur eine gehört, sondern jede wird befragt, nach ihren Erfahrungen, ihrem Befinden, ihrer Sicht.

Da betritt eine Frau das Zimmer. Sie ist gepflegt, selbstsicher, ruhig, gelassen, offen, hat Ausstrahlung. Kaum einen Moment später erzählt sie, was sie schon alles durchgemacht hat, was für Sorgen und Probleme sie im Augenblick hat. Dadurch wird sie nicht kleiner. Durch ihre Schwäche, die sie hat, die sie eingesteht, wird sie eher interessant, stärker.

Vielleicht ist die größte Stärke der Frauen, dass sie Schwächen eingestehen können. Und dies auch tun!

Denn jede Frau hat ihre Schwächen. Und bei jeder wird – auch einmal gnadenlos – eine Schwäche aufgedeckt, wenn sie behauptet, sie habe keine. So einfach stehen gelassen wird das unter Freundinnen nicht.

Lebensplanung

Da ist einer, der mir einfach nicht aus dem Kopf geht. Vorteil für ihn – und vielleicht auch für mich – er ist nicht greifbar. Nicht greifbar, da weit weg. Doch ich ertappe mich immer wieder dabei, dass ich an ihn denke, wie ich überlege, was er wohl gerade macht. Und das schon über einen sehr langen Zeitraum hinweg.

Viel zu träumen gibt es dabei nicht. Oder doch, natürlich schon, wobei ich ganz klar weiß, wann es Illusionen sind. Denn ich kenne ihn recht gut aus der realen Welt. Ich kenne seine alltäglichen Ansichten, seine Stärken und seine Schwächen. Sollte er der Richtige sein?

Ungeduld und überstürztes Handeln sind nicht angesagt. Denn er ist fast unerreichbar für eine spontane Begegnung. Und so gehe ich die kleinen Schritte, die zeitaufwendigen, geduldigen, Reaktionen abwartenden.

Ob er auch an mich denkt?

Immerhin hat er mir eine Karte geschickt. Eine nette. Nicht zu nett, aber nett.

Ob wir nur vorsichtig miteinander umgehen? Oder ob wir uns nicht trauen, mehr aufeinander zuzugehen?

Ein Anruf von mir, eine Karte von ihm, nun ein Brief von mir an ihn. Was wird zurückkommen? Das Spiel ist eröffnet. Alles oder nichts ist möglich.

Alles wäre eine Einladung, ihn zu besuchen. Ich habe ihm die Chance dazu eröffnet. Der Wink mit dem Zaunpfahl.

Nichts wäre nichts.

Alles oder nichts. Alles wäre der Beginn eines neuen Lebens. Nichts hätte einen neuen Lebensplan zur Folge.

Lafhäwer

Lafhäwer. Treffender kann man dies sicher nicht in ein Wort fassen. Eine Situation, die unbefriedigend ist, nicht das bietet, was man/frau davon erwartet. Die Stimmung kippt. Unsicherheit, Verletzlichkeit, Lösung der Erregung, Aufbau einer andern Spannung – es bleibt nur, alles ins Lächerliche zu ziehen. Ein Joke, ein kurzes Lachen, das im Halse stecken bleiben will.

Alles war so einfach, problemlos. Ein Kribbeln, Herzklopfen, eine verbale Annäherung, ein Näherrücken. Ein Aufbrausen, ein Herzenssturm und dann: alles vorbei. Kein Versuch des Miteinanders mehr, ein plötzlich eintretendes Nebeneinander, ein Wegrutschen. Der Liebhaber wird zum Liebegehabten, der Lafhäwer zum Lafhäder. Zum Ladenhüter. Zu dem, was man nicht will, was keiner will. Was immer übrig bleibt.

Gewissen

Wie viel Gewissen braucht der Mensch? Wie viel Gewissen braucht ein Single-Mensch? Braucht Single-Frau mehr als Single-Mann? Ist das Gewissen nicht immer wieder im Weg? Was heißt und bedeutet es, gewissenlos zu leben.

Gewissen ist so moralisch. Wäre Verantwortungsbewusstsein besser. Woher habe ich ein Gewissen, wer hat mir Verantwortung vermittelt?

Jetzt plagt mich mein Gewissen. Ich habe ein schlechtes Gewissen. Gibt es ein gutes? Er/Sie ist ein gewissenloser Mensch? Gewissen kommt von Wissen? Was weiß ich und was plagt mich dann? Es gibt ein nationales Gewissen und ein persönliches, ein von der

Religion aufgedrücktes, mich einengendes Gewissen. Gewissen ist doof.

Verantwortung – ja auch die gibt es auf viele verteilt oder auf einen. Ich habe eine Verantwortung gegenüber meiner eigenen Person.

Habe ich auch ein Gewissen mir gegenüber? Nee, das wird doch eigentlich immer nur von außen beurteilt. Ich übernehme Verantwortung fast immer problemlos, aber mein Gewissen macht mir Probleme. Brauche ich es überhaupt, sollte ich mich nicht davon freimachen?

Tramper

Kurz und schnell lernt man neue Leute beim Trampen kennen. Ob ich selbst am Straßenrand stehe oder ob ich welche mitnehme. Ein kurzes Gespräch, manchmal zäh. Was will man alles fragen, was erzählen? Man ist sich absolut fremd, eine weitere Begegnung ist eher unwahrscheinlich.

Die Fremdheit hat auch was für sich, denn ich kann sein, wer ich vielleicht gar nicht bin, kann erzählen, was immer mir gerade in den Sinn kommt. Schnelle Begegnungen von kurzer Intensität, in einem Raum, der kein Ausweichen zulässt, aber rasend durch die Landschaft braust. Lässt rollen. Die Kilometer und manchmal die Worte.

Es gibt schöne und interessante Kontakte, wo man gerne noch einen Umweg fährt oder bei einer längeren gemeinsamen Strecke einen Kaffee zusammen am Rasthof trinkt.

Aber es gibt auch langweilige und mürbe Gespräche: Teenager, die den Mund nicht aufkriegen – und nur an ihrer Zahnspange liegt es sicher nicht. Menschen, die kein Wort sagen wollen oder sich ausgehorcht vorkommen – sollten sie wirklich trampen? – unfreundliche, muffelige Gesellen, die - ja was wohl – von A nach B kommen wollen.

Wie bin ich denn, wenn ich trampe? Ja, ich will von A nach B. Schnell und unkompliziert, ohne oft umsteigen zu müssen. Ich habe keine Lust, mit jedem zu quatschen, der gerade Unterhaltung braucht. Ich brauche keine Anmache, keine blöden Kommentare, dass man als Frau nicht alleine trampen sollte. Aber manchmal habe ich richtig Lust zum Reden und dann wird auch die Fahrt recht kurzweilig.

Selber am Straßenrand steh ich nicht mehr sehr oft, vor allem kaum in Deutschland, vielleicht mal bei 'ner Reise. Aber anhalten und mitnehmen tu ich sehr oft. Als Single ist das manchmal ganz unterhaltsam und es ist eine Möglichkeit, mit jemanden zu quatschen. Denn meist sitzt man allein im Auto. Ja – das ist auch ganz angenehm: Kein Kinderquengeln, ich kann die Musik, die mir gefällt, voll aufdrehen, kann qualmen so viel ich will, muss mir keine stressigen Kommentare von Beifahrern anhören. Kann meinen Müll im Auto liegen lassen – und ich kann Tramper mitnehmen, wenn mir danach ist. Also ehrlich, wenn ich das so schreibe, ist Single-Fahrer sein echt was Tolles. Yeah, ein Vorteil des Alleinlebens.

Abgehakt?

Er wollte keine Beziehung, ich wollte nicht mit ihm schlafen. Nur kuscheln und schmusen, sich nahe sein. Und dann kam der Morgen und er ging.

Ich weiß nur wenig von ihm: seinen Vornamen, was er arbeitet, den Stadtteil, in dem er wohnt, ein paar weitere Kleinigkeiten, seinen warmen Blick. Und – er geht mir nicht aus dem Kopf.

Wie begegnen wir uns das nächste Mal? Unruhe. Kann den Abend nicht so stehen lassen. Komme mir schlecht dabei vor.

Eine Woche vergeht. Noch eine. Das Gefühl ändert sich nicht, wird eher drängender. Aber wie soll ich ihn finden?

Da hilft nur eins: logisches Um-die-Ecke-Denken. Als ich ihn getroffen habe, war er mit Leuten in der Disco und ich bin bei Freunden und Studienkollegen gestanden. Einer meiner Kommilitonen, von dem ich nur den Spitznamen weiß, hat eine Frau aus der anderen Gruppe gekannt.

Arnd anrufen, mit ihm plaudern und ihn dann nach der Telefonnummer meines ehemaligen Studienfreundes fragen. Dann den anklingeln, mit ihm plaudern und von ihm die Nummer der einen Frau rausbekommen. Als ich die endlich an der Strippe habe, kann ich nicht erst plaudern, da sie mich ja gar nicht kennt. Also direkt nach der Telefonnummer von dem Typen fragen. Dann endlich ihn anrufen. Er ist baff und zunächst sehr distanziert.

Nachdem wir die nächtliche und morgendliche Situation geklärt haben – auch er hatte ein komisches Gefühl dabei – bittet er mich um meine Telefonnummer.

Er will die darauf folgende Woche anrufen, um mir Dias von seinem letzten Urlaub zu zeigen.

Nichts. Woche um Woche vergeht. Mein Druck, etwas klären zu müssen, ist weg, die Sache bereinigt, der Typ abgehakt.

Vier Wochen später komme ich von einem verlängerten Wochenende nach Hause zurück. Der AB leuchtet. Ich drücke auf die Wiedergabe und wer ist drauf? Richtig! -

Er wollte mit mir Dias schauen und ich war nicht da. Die nächste Woche sei er viel unterwegs und am Wochenende verreist. Na ja, dann rufe ich ihn die kommende Woche an, denke ich. Nett war es schon, seine Stimme zu hören, aber eigentlich ist er ja abgehakt.

Samstagabend mit Karin im ›Jackson Pollock‹. Kaum angekommen, Freunde begrüßt, läuft einer an mir vorbei. *Er* läuft an mir vorbei. Ich klopfe ihm von hinten auf die Schulter. Er dreht sich um, schaut mich an, schaut mich an ... Oh Gott, ist er es nicht? Aber der Blick. Er schaut. Ich werde unsicher. Zwei Ohrringe. Er muss am rechten Ohr zwei Ohrringe haben. Eine Kreole und einen ganz klitzekleinen Stein. Ich beuge mich ein bisschen zu ihm vor. Ja, da sind sie. Er ist es. Und im gleichen Augenblick sagt er:

»Ich hab dir aufs Band gesprochen. Hast du es gehört?«

»Ja ...«

»Du, ich muss auf den Bus. Der fährt in zwei Minuten. Ich ruf dich nächste Woche an.«

Ein kurzes Nicken und weg ist er.

Ich stehe da, meine Knie sind weich wie Pudding. Ich dreh mich zu Karin um.

»Mann, hat der dich angeschaut!«

Ja, aber warum? Hat er mich nicht gleich erkannt, hat er sich gefreut, war es ihm peinlich? Ich weiß es nicht, aber mein Herz rast. Oh Gott, dieser Blick, dieser Typ. Abgehakt?

Horoskop

›Die Gefühle glühen heiß wie die Sommersonne. Singles können aus einer neuen Liebe einen Dauerbrenner machen.‹

Oh ja, die Gefühle glühen. Sie verbrennen mich schier. Überall duftet es nach Blüten und Gras, nach warmer Erde. Die Tage sind heiß, die Abende lau. Lebenslust liegt in der Luft, auch Liebeslust.

Im Biergarten sitzen, durch die Stadt flanieren, Liebespärchen begegnen – und selbst? Die Gefühle glühen, eine kalte Dusche hilft nur kurz.

Blödes Horoskop. Wenn ich eine neue Liebe hätte, wäre ich ja kaum noch Single, könnte meine heißen Triebe ausleben. Habe ich vielleicht eine Liebe übersehen? Nee, ich doch nicht, aber vielleicht sie oder besser gesagt er mich. Von wegen Dauerbrenner! Ein kurzes Anheizen und dann 'ne kalte Dusche. Keine wässrige, sondern eine verbale. Ja, das könnte ein Dauerbrenner werden: einen Traummann kennen lernen, der ein Traum bleibt.

Der Gernhaber – verliebt

Freitagmorgen kurz nach acht. Das Telefonklingeln reißt mich aus dem Schlaf. Verpennt wanke ich zum Telefon. Wollte bis halb neun schlafen, da ich gestern Abend erst spät von einer dreitägigen Tagung nach Hause gekommen bin.

Es klingelt. Ja, verdammt, ich komm ja. Wer will denn jetzt schon was von mir, wo ich mal 'ne Stunde länger schlafen wollte.

Ich hebe ab und melde mich.

»Einen wunderschönen guten Morgen!«

Unfassbar. Mein Gernhaber. So früh. Sonst telefonieren wir immer spät abends. Wahrscheinlich brennt es ihm unter den Nägeln, mich doch noch rechtzeitig zu seinem Geburtstag am morgigen Samstag einzuladen. Na, wird ja auch Zeit!

»Na, wie geht's?«

»Gut, aber ich bin noch total müde, du hast mich aus dem Bett geholt. Und wie geht's dir?«

»Mir geht's guttt«, antwortet er fröhlich.

»Schön. Habe gestern schon an dich gedacht. Fand, dass du dich mal wieder melden könntest.«

»Ja, ich weiß. Dafür, dass ich solange nichts von mir hab hören lassen, gibt's nur einen Grund.«

Oh nein!! Ich habe ihm einmal gesagt, es gebe nur eine Entschuldigung, nur einen Grund, sich wochenlang nicht zu melden. Dann, wenn man verliebt ist. – Schluck! –

»Nur an deiner neuen Arbeit kann's nicht liegen«, sage ich mit einem letzten Fünkchen Hoffnung in der Stimme.

»Oh, die läuft gut. Aber daran liegt es nicht allein.«

»Und seit wann geht es dir so gut?«

» Seit vierzehn Tagen.«

»Ja, das kommt hin. Vor zwei Wochen wolltest du anrufen und mir von deiner neuen Arbeitsstelle erzählen. Hey, prima, freut mich.«

Was soll ich denn noch sagen oder fragen. Wie *sie* heißt? Wie *sie* ist? Wo er *sie* kennen gelernt hat? Will nur zurück ins Bett. Will mich verkriechen.

»Und wie läuft's bei dir?«

»Gut, ich bastle dran.«

»Wie?«

»Na, ich hab 'nen netten Typen kennen gelernt. Echt toll. Aber er will keine Beziehung.«

Es ist zehn nach acht, mir ist kotzschlecht und ich erzähle meinem besten, frisch verliebten Freund meine Niederlage. Mir wird noch übler.

»Na, vielleicht wird es ja noch.«

»Nee, ich habe keinen Bock, jemanden zu überzeugen, wie toll eine Beziehung sein kann.«

Ich habe keine Lust, jemandem beweisen zu müssen, wie toll ich bin. Ich will nicht, ich will nicht mehr.

»Mhm, kann ich verstehen.«

Ist es nicht ein herrliches Gefühl, so viel Verständnis am frühen Morgen.

»Du, ich geh jetzt wieder ins Bett, 'ne Runde schlafen.«

Meine Stimme wird brüchig.

»Ja, mach das. Und dann, wenn du aufwachst, begrüßt du den wunderschönen Tag.«

Den wunderschönen Tag???

»Mach ich. Und dir auch einen schönen Tag. Bis dann.«

»Tschüss, bis dann.«

Klick.

Hab ich das nur geträumt? Hat mir da gerade mein

Gernhaber, der Mann für Freundschaft und gewisse Stunden, erzählt, dass er verliebt ist, dass er eine Frau gefunden hat, dass es ihm super geht? Und das alles auf nüchternen Magen. Vielleicht besser so, sonst müsste ich mich jetzt übergeben.

Trete auf meine Terrasse und noch ehe die Zigarette richtig brennt, laufen mir die Tränen übers Gesicht. Ich starre in den gegenüberliegenden Wald, drücke die Zigarette aus, geh ins Bett.

Dort ist es noch viel schlimmer. Vor vier Wochen bin ich hier neben ihm aufgewacht. Hab mich an ihn ge-schmiegt, er hat mir sein tiefes »Guten Morgen« ins Ohr geflüstert und mich in seinem Arm gehalten.

Wie ein plötzlicher Tod fühlt es sich an. So, wie wenn man nicht richtig Abschied nehmen konnte. Plötzlich ist alles Vergangenheit und Erinnerung.

Steh abrupt auf. Kann nicht liegen bleiben. Bin wie betäubt. Nur die Gedanken an vergangene Augenblicke, an Berührungen, an ein Lächeln sind da, sind hellwach in mir.

Verdammt, warum er? Warum nicht ich?

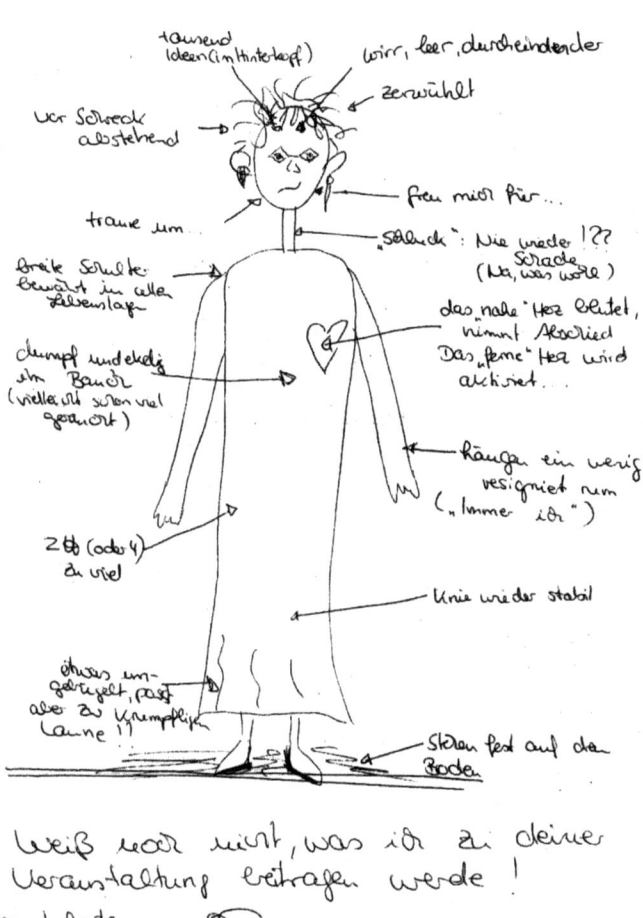

Weiß noch nicht, was ich zu deiner
Veranstaltung beitragen werde!

Spontaneität

Irgendein Abend. Ich bin zu Hause, um mich herum herrscht Chaos.

Habe einen Türrahmen türkis gestrichen, es riecht noch nach Farbe, die verkleckste Zeitung und die Klebestreifen liegen auf dem Boden, ebenso die Farbdose und der Schraubenzieher.

In der Badewanne ruhen die ausgewaschenen Malutensilien. Das Waschbecken schimmert noch bläulich.

Auf dem Herd in der Küche steht ein Topf mit lauwarmen Nudeln und ein anderer mit Resten von Tomatensoße. Das Geschirr ist in der Spüle und auf dem Küchentisch verteilt. Der Laptop steht im Wohnzimmer auf dem Tisch, eine Tabelle ist in Bearbeitung. Der Fernseher und der Videorekorder stehen daneben auf dem Boden auf Bereitschaft geschaltet, die Kabel hängen wirr von den Geraten zu den Anschlüssen.

Im Schlafzimmer ist das Bett mit Klamotten voll beladen. Die mussten Platz machen, damit sie keine Farbe abbekamen.

Gerade abgeholte Fotos und Zeitungen von mehreren Tagen sind wild überall verstreut. Der Aschenbecher quillt fast über. Irgendwo steht ein Glas mit Martini und Zitrone.

Es sieht furchtbar aus, aber außer mir sieht es ja keiner, und heute muss ich mich einfach ausbreiten, um kreativ auf allen Ebenen zu sein. Spontan wechsle ich von einer Beschäftigung zur anderen. Keiner hindert mich daran.

Es ist kurz nach zehn und ich suhle mich in diesem

Künstlerdasein. Da klingelt das Telefon.

»Hey, ich bin's. Na, was machst du gerade?«

Gute Frage. Was mache ich denn? Womit soll ich meine Auflistung beginnen?

»Du, soll ich noch bei dir vorbeikommen?«

Zu mir kommen? In mein heilloses Durcheinander? Jetzt? Der Typ, dem ich erst heute Morgen meine Telefonnummer gegeben habe, nachdem wir in meinem Büro ein wenig geflirtet hatten.

»Was ist, hast du keine Lust? Willst du lieber noch arbeiten und krusteln?«

Will ich? Nein! Ich liebe spontane Aktionen und endlich wird mir mal eine geboten. Aber keinen Besuch. Nein, dazu bin ich nicht aufgelegt, nicht vorbereitet. Hier bei mir hat heute niemand Platz, auch kein Mann.

»Lass uns doch eine Nachtwanderung machen.«

»Super Idee. Ich habe eine Taschenlampe.«

»Ich auch. Dann findet ja jeder seinen Heimweg.«

Wir verabreden uns auf elf Uhr auf halbem Weg, in der ersten Straße, die links abgeht, nachdem wir die Autobahn verlassen haben. Na dann, los.

Ich krame meine Taschenlampe heraus, zieh mir feste Schuhe und einen Fleece-Pullover an, wuschle mir durch die Haare und ab geht's.

Punkt elf erreiche ich den verabredeten Treffpunkt. Er ist schon da. Ich steige aus, greife mir meine Taschenlampe und grinse ihn an. Er steigt aus, drückt mich an sich. Ich drücke ihn auch ein wenig, löse mich dann von ihm und frage ihn nach seiner Taschenlampe. Aber eigentlich brauchen wir diese Lichtmittel gar nicht. Es ist eine Vollmondnacht. Es hat zwar ein paar Wolken, aber nach und nach ziehen diese davon.

Wir stapfen los. Leider verläuft der Weg lange Zeit

parallel zur Autobahn. Es hat Pfützen, ist laut und unromantisch, da hätten wir auch in meine Wohnung gehen können. Wir kehren um und fahren mit seinem Auto weiter in die Natur hinein.

Wir spazieren durch die Landschaft und quatschen. Herrlich, eine Nachtwanderung bei Vollmond. Das gab's schon lange nicht mehr.

»Du, ist deine Jacke wasserdicht?«

Ja, sie ist es und so dient sie uns als Unterlage. Wir liegen im Gras und beobachten, wie die Wolken den Mond frei geben. Wir schauen in die Sterne – das Leben kann so wunderbar sein. Und dann nimmt er mich in den Arm und küsst mich, erst sanft und dann wild und stürmisch. Es ist fast wie im Film: unerwartet und fast ein bisschen kitschig. Wir bleiben, bis uns kalt wird, dann laufen wir zum Auto zurück, lachen und reden, bleiben stehen, um uns zu drücken und zu schmusen.

Er fährt mich zu meinem Auto zurück und nach einem letzten langen Kuss fahren wir jeder nach Hause. Keine neue Verabredung. Warum auch. Es war spontan und es war herrlich.

Mann-oh-Mann

Mit der Zeit könnte ich eine Hitliste der Männer aufstellen oder besser ein Liste wie ein Mann sein sollte. Über die Monate hinweg kamen doch einige Männer zusammen, haben meinen Weg gekreuzt. Nee, nicht mein Bett, das wäre mir viel zu einseitig.

Ich liebe es, Menschen in den verschiedensten Lebenslagen kennen zu lernen: bei der Arbeit, beim Einkaufen, in der Disco, an der Tankstelle, bei Freunden, in der Bahn, ach – eigentlich überall. Und dann lernt man jeden ein bisschen anders kennen. Das ist richtig spannend.

Manche Menschen haben irgendwas Besonderes, etwas, das mir auffällt, das ich mag. Natürlich auch die Männer, die ich so getroffen habe. Leider ist mir noch keiner begegnet, der alles hat.

Von wegen die Phantasie bastelt einem den Traummann zusammen. Er setzt sich aus reellen Begegnungen zusammen. Wenn mich jemand fragt, welche Vorstellungen ich von *dem* Mann habe, dann würde ich ihn aus vielen Eigenarten der verschiedenen Männer zusammensetzen. Und mit jedem neuen, den ich kennen lerne, kommt eine neue Facette dazu. Mann-oh-Mann, *der* Mann wird's ganz schön schwer haben.

Es wäre nicht fair, die Hitliste hier aufzuführen. Es würde die einzelnen Personen reduzieren und mein ›Robert Redford mit Tiefgang‹ geht niemanden was an.

Was geht eigentlich ab?

Sonntagabend. Karin hat keine Lust tanzen zu gehen, Gabi kann ich nicht erreichen. Zu Hause bleiben? Nee, eigentlich könnte ich noch ein paar Leute um mich rum vertragen. Und gute Musik, Bewegung.

Halb elf im ›Agar‹. Es ist noch nicht viel los. Stehe an der Tanzfläche, trinke ein Bier und schaue mich um. Nur Fremde. Plötzlich steht einer neben mir, den ich aus Lahr kenne. Er arbeitet dort in der Drogenhilfe. Wir wechseln ein paar Worte, dann geht er zu seinen Leuten.

Die Musik wird besser, das Bier macht mich locker. Ziehe die Jacke aus und gehe tanzen.

Plötzlich fühle ich jemanden ganz nah von hinten an mir tanzen. Täusche ich mich? Geht meine Phantasie mit mir durch? Nein, da ist die Berührung schon wieder. Drehe mich um und sehe zwei junge Typen.

Der eine greift nach mir. Ich weise ihn ab, dreh mich rum und tanze weiter. Wieder spüre ich ihn von hinten an mir dran. Dreh mich um, schiebe ihn mit beiden Händen von mir und tanze dabei weiter. Er hört nicht auf, kommt näher, greift nach mir. Ich schiebe ihn tanzend mit meinem linken ausgestreckten Arm weg.

Es hilft nichts. Ich werde deutlicher. Lege ihm die Hände auf die Brust, meine Arme sind ausgestreckt, tanze ihn so mit strengem Blick an den Rand der Tanzfläche, drehe mich weg und tauche in der Masse ab. Endlich kann ich wieder in Ruhe für mich tanzen.

Die Musik wechselt. Lege eine Pause ein. Steh am Rand und rauche. Auf einmal fasst mich jemand an die Seite. Zucke zusammen. Schon wieder 'ne Anmache? Schau nach links – nichts. Wende den Kopf nach rechts und da steht Lutz grinsend neben mir.

»Mann, hast du mich erschreckt.«

Wir quatschen 'ne Weile. Er will sich noch zu einem Kumpel stellen, der später nach Amerika fliegen wird.

»Aber schön, dass du da bist. Wenn mein Freund geht, komm ich zu dir.«

Er geht und ich schaue noch ein bisschen rum, bevor ich wieder auf die Tanzfläche gehe.

Da ist wieder der Typ mit seinen Kumpels. Sie scheinen ziemlich betrunken, aber gut drauf. Und dann macht er eine andere Frau auf der Tanzfläche genauso blöd an wie mich zuvor. Tanzt von hinten ran und schiebt sein Becken ganz nah an die Frau. Reibt sich an ihr. Sie tanzt ein Stück weg. Die Szene wiederholt sich mehrfach, bis sie die Schnauze voll hat und weit weg tanzt. Jetzt ist's genug. Ich steuere auf ihn zu.

»Du bist ein richtiges Arschloch. Dein Anmache ist total scheiße.« Nicht gerade charmant, aber anders hat er es nicht verdient.

Er kommt mir nach und will wissen, was los ist.

»Deine Tour ist einfach blöd und macht nur Angst. Mach Frauen nicht so von hinten an, die du nicht kennst.«

Er will mit mir reden, hält mich im Arm und ich denke: Na, Bürschchen, dir bring ich jetzt mal Manieren und Anstand bei. Er lässt nicht locker. Ich erklär es ihm noch mal. Er will mir erklären, was los ist. Bittet mich sich setzen zu dürfen. Kann ich gut verstehen, so betrunken wie er ist. Aber meine soziale Ader und mein Dir-sag-ich-jetzt-was-Sache-ist bricht aus mir raus. Ich organisiere ihm 'nen Barhocker. Lass ihn hinsetzen, stehe dicht vor ihm und er beginnt seine Geschichte zu erzählen. Er sei seit einem halben Jahr clean und jetzt besoffen und er wolle nicht absichtlich Frauen blöd anmachen.

Nach einigem Hin und Her bittet er mich, mit nach draußen zu gehen, damit wir in Ruhe darüber sprechen können. Frische Luft schadet ihm sicher nicht. Lasse mich breit schlagen. Unterwegs kommen wir an Lutz vorbei.

»Wenn ich in 'ner Viertel Stunde nicht wieder hier bin, komm bitte raus und hilf mir.«

Er schaut mich fragend an und nickt.

Vor der Disco auf 'ner Treppe erzählt mir der Typ seine halbe Lebensgeschichte: Heroinabhängigkeit, Ausbildung geschmissen, Entzug, Nachsorge, Freigang und seit Tagen am Saufen. Er tut mir leid, aber nur ein wenig. Alles geht ganz locker. Ich habe das Gefühl, alles gut im Griff zu haben.

Nach einem Blick auf die Uhr, sage ich: »Komm, lass uns reingehen, sonst kommt jetzt gleich ein Bekannter und schaut nach uns.«

»Na und, lass ihn kommen.«

»Nee, der muss ja jetzt nicht unnötig die Treppe raufkommen.«

Er murmelt etwas, dass er ihm eine knallt, wenn er kommt. Und ich sag lapidar: »Vergiss es.« Nehme seine Hand und schleppe ihn wieder in die Disco. Dort wünsche ich ihm noch einen schönen Abend und gehe tanzen.

Nach einer Weile stell ich mich zu Lutz und frage ihn, ob er mich nicht noch auf ein Bier einladen wolle, da ich kein Geld mehr dabei habe. »Klar, komm. Und dann stehen wir ein bisschen an die Tanzfläche und schauen.« Gesagt, getan.

Nach einer Weile sehe ich den jungen Typ neben mir. Proste ihm zu und dreh mich wieder zu Lutz. Auf einmal kommt der junge Bursche und fasst mich von hinten. Ich winde mich raus, schau ihn an und sage wütend: »Jetzt kommst du ja schon wieder so, lass das.«

Er umarmt mich und versucht mich zu küssen. Ich schieb ihn weg und sage bemüht freundlich: »Lass es, ich hab dir draußen gesagt, du bist nicht mein Typ. Du bist zu jung. Such dir 'ne passende Frau.«

Er will wissen, ob der Typ neben mir mein Freund sei.

»Nein«, sage ich, »ein Bekannter.« Und hänge hintendran, »mein Freund ist heute nicht da.«

Er fängt an, Lutz von der Seite blöd anzuquatschen. Lutz bleibt cool, weist ihn aber zurecht. So geht es eine Weile hin und her. Die Stimmung wird ungemütlich. Kann mich kaum noch dazwischen schieben.

»Lass uns tanzen gehen«, schlage ich vor. Er geht nicht darauf ein. Hat sich auf Lutz eingeschossen. Der versucht abzuwiegeln, aber es wir immer komischer. Stelle mein Bierglas weg und gehe zu dem Kumpel von dem Jungen.

»Hey, könntest du mal deinen Freund von uns weg holen.«

»Ja, klar«, sagt er freundlich lächelnd und folgt mir.

Lutz und der Typ sind schon ziemlich nah aufeinander und ich bin froh, dass die Rettung mir auf den Fersen folgt. Aber Pustekuchen. Kaum sind wir bei den beiden angekommen, starrt der andere Lutz an.

»He, was ist los, was willst du?«, schreit er und hebt die Hand.

Ich steh zwischen den beiden Jungs und Lutz. Weiß überhaupt nicht mehr, was los ist. Alle drumrum schauen nur. Die Arme gehen höher, Lutz und ich weichen zurück. Irgendeiner mischt sich ein und schon geht's rund. Ich versuche mich dazwischen zu schieben, aber über mich hinweg höre ich ein Glas klirren und dann eine schnelle Bewegung neben mir. Ich sehe, wie Lutz sich an die Nase und seine Brille greift. Ist sie kaputt? Was ist passiert?

Das Gerangel will kein Ende nehmen. Jetzt erkenne ich den Türsteher. Die beiden Jungs stehen unschuldig wie Lämmchen da und trollen sich davon.

Aus dem Augenwinkel hab ich mitbekommen, dass Lutz um die Ecke Richtung Klo verschwunden ist. Dort steht er neben dem Eingang zur Bar, ohne Brille. Er wischt etwas mit einem Tempo weg und auf einmal sehe ich, dass dieses voller Blut ist. Es läuft ihm aus der Nase. Oh, Scheiße. Mir wird ganz schummerig. Er tut mir so leid. Wie konnte das nur passieren?

Eine Verantwortliche von dem Schuppen kommt und will wissen, was ist. Ja, sie habe mich vorher mit dem Typ rausgehen sehen und sich dort schon gewundert. Was ich denn gemacht hätte, wenn er mir draußen was verpasst hätte. Aber nein, die Situation war echt harmlos: Erfahrene Frau gibt 'nem angetrunken Jungspund etwas Nachhilfe im Verhalten. Nie wäre ich mit dem raus, wenn ich ihn für aggressiv oder gefährlich gehalten hätte. War er auch nicht mir gegenüber. Vielleicht sollte ich die Anmache schon als Aggression werten?

Ich kreise dann zweimal durch die Disco, um mich zu vergewissern, dass die Typen weg sind. Mir ist nur noch elend zu Mute. Lutz sagt, ich solle den Kopf nicht hängen lassen und lädt mich auf eine Tequilla ein.

An der Bar erzählt er mir dann alle Horrorstorys aus dem Freiburger Nachtleben, die er miterlebt oder gehört hat. Mir wird nur noch schlechter dabei, aber ich lasse es über mich ergehen. Irgendwie denke ich, dass er so vielleicht sein Erlebnis verarbeiten muss oder kann. Es ist das erste Mal, dass er in eine Schlägerei verwickelt wurde. Was heißt verwickelt? Der andere hat ihm mit der Stirn gegen das Gesicht geschlagen.

Bald darauf will Lutz gehen. Er hofft, dass die beiden nicht draußen auf ihn warten.

»Ich geh mit«, sage ich.

»Du brauchst mich nicht beschützen. Du wärst mir eh keine Hilfe. Wenn, fangen wir sie nur beide.«

»Aber vielleicht könntest du mich beschützen«, sage ich mit einem schiefen Lächeln.

So verlassen wir gemeinsam die Disco. Da Lutz ein Taxi nehmen will, schlage ich vor, mich um die Ecke bis zu meinem Auto mitzunehmen. Draußen ist außer den

Taxifahrern niemand zu sehen. Unsere Anspannung lässt etwas nach.

»Komm, ich begleite dich zu deinem Auto. Und dann kannst du mich ja mitnehmen. Ich muss in die gleiche Richtung.«

Im Auto weiß erst mal keiner von uns mehr etwas zu sagen. Lutz fährt sich über die Nase.

»Da wird eine kosmetische Behandlung notwendig sein.«

»Hast du was gebrochen?«, frage ich ängstlich.

»Nein, ich habe gespürt, dass so was passieren würde, war darauf vorbereitet und konnte rückwärts etwas ausweichen. Aber blau ist morgen sicher alles.«

Ich halte an, Lutz steigt aus und verabschiedet sich kurz. Dann trottet er davon.

Und ich. Ich fühle mich einfach nur bescheuert. Ich mische mich in was ein, was mir egal sein könnte. Spiele Mutter Beimer, benehme mich blauäugig wie ein Backfisch und Lutz rennt morgen blaunasig rum.

Neue Klassiker

Goethe war ein Mann, ein Stürmer und Dränger, ein Klassiker, ein Frauenliebhaber, ein geiler Bock. Die Männer heute: keinen Deut anders.

Und die Frauen? Wir fallen auf die gleiche Tour herein. Oder machen wir sie mit?

Was Goethe lyrisch vor 200 Jahren aufs Papier brachte, als er schrieb:

> ›Seh ich nur einmal dein Gesicht,
> Seh ich dir ins Auge nur einmal,
> Frei wird mein Herz von aller Qual.‹,

bringt der moderne Mann direkter durch Telefon rüber. Aus dem Gesicht wird der Hintern, aus den Augen der Busen, aus dem Herz der Schwanz.

›Gott weiß, wie mir so wohl geschieht!‹

Ob Gott das weiß oder nicht, steht nicht zur Diskussion und wirkt selbst bei Goethe blasphemisch, denn die folgende letzte Zeile des Gedichtes lautet:

›Ob ich dich liebe, weiß ich nicht.‹

Sex und Liebe – für den Mann damals und heute zwei Paar Stiefel. Und für mich? Sex ohne Liebe müsste nicht sein. Muss aber manchmal sein. Denn wo keine Liebe ist, wo nur beziehungsunfähige oder -unwillige Männer um einen sind, lernt frau zu trennen. Denn auch ihr Geist ist willig ...

Das Eine

Dienstagmorgen, kurz nach acht. Sitze in meinem Auto und fahre zur Arbeit. Wie jeden Morgen läuft das Radio auf voller Lautstärke und ich gröle aus voller Kehle mit. ›Männer sind Schweine, traue ihnen nicht mein Kind. Sie wollen alle nur das Eine ....‹
Grinse den Fahrer im Wagen neben mir an. Er lächelt nett zurück. Auch du, denke ich ...

Fußball

Abseits, Eckball, Elfmeter, indirekter Freistoß – in meinem Frauenbekanntenkreis weiß frau wovon die Rede ist. Aber wahnsinnig aufregend finden wir diese Sportart deshalb noch lange nicht. Vor allem ist sie nicht (samstag)abendfüllend.

Anders, wenn eine Meisterschaft ansteht. Mit vielen zusammen ein Spiel anzuschauen, hat fast schon Party-Charakter. Es wird diskutiert, geschrieen, gesungen, gegessen, getrunken, Spaß gemacht, nebenbei werden Gespräche geführt. Und hinterher sind alle bester Stimmung, egal, wie das Spiel ausgegangen ist. Die Fete geht einfach noch ein bisschen weiter.

Und wenn mal wieder keiner Zeit zum Fußball schauen hat? Auch gut! Dann zieh ich sportlich-feminin gekleidet in die nächste Kneipe, in der das Match übertragen wird.

Wow – da herrscht dann immer totaler Männer-überschuss. Und wer rausgeht und nicht mit Chips und Bier im eigenen Fernsehsessel hängen bleibt, der guckt auch sonst einmal.

Zuerst geht es darum, das Lokal abzugehen mit einem Blick der sagt ›eigentlich-müsste-ja-(egal-wie-er-heißt)-da-sein‹. Nein, leider nicht, signalisiere ich nach außen. Weiß ja niemand, dass ich gar nicht verabredet bin.

So, jetzt schauen, bei wem ein Plätzchen frei ist. Okay, die zwei Typen vorne rechts sehen nicht uninteressant aus. Ein großes Risiko ist es zudem nicht. Sollten die beiden nicht halten, was sie auf den ersten Blick versprechen, ist ein Standortwechsel jeder Zeit möglich. »Ich setz mich mal dort rüber. Hier blendet es so.«

In der Halbzeitpause kann ich dann noch einmal in aller Ruhe jeden Winkel – oder besser gesagt – jede Männerrunde abgehen. Ich habe ja meine (nicht vorhandene) Verabredung noch nicht gefunden. Und selbst der größte Fußballfan betrachtet in der Pause gerne einmal andere Rundungen als die des Balles.

Eigentlich ist es mir egal, welchen Platz die deutsche Mannschaft belegt. Aber unter dem Aspekt, so viele Männer zur Auswahl zu haben, drücke ich dem Team gerne die Daumen.

Zwei ist keiner zu viel

Alle sagen: »So lange du einen Mann suchst, wirst du keinen finden.« Aber wie schafft Single-Frau es, keinen Mann zu suchen? Ganz einfach: Sie legt sich zwei Liebhaber zu.

Wer kennt sie nicht, die netten Kumpels, die guten Freunde. Attraktive, reizvolle Männer, die alles wollen außer einer Beziehung, die das Single-Leben genießen. Und es ist nicht möglich, trotz aller Tricks und Gespräche, sie vom Zusammenleben zu überzeugen. Sie hängen an ihrer Unabhängigkeit, auch an ihrer sexuellen Freiheit und stehen dafür ein, dass Frauen diese auch leben und erleben sollten. Konventionen, Erziehung, falsche Rollenbilder – Frauen, legt sie ab. Genießt euren Körper, eure Lust. Habt Spaß daran ohne schlechtes Gewissen, ohne falsche Hoffnungen und Träume, ohne Liebesschwüre und Versprechen.

Zwei Männer zur Freizeitgestaltung – ideal, überschaubar. Hat einer keine Zeit oder keine Lust, was soll's. Dann ruf ich halt den anderen an.

Nehmen und Geben in vollen Zügen. Bin locker

und entspannt. Aller Druck fällt ab. Laufe lächelnd durch die Gegend. Die Suche nach dem Mann fürs Leben rückt in den Hintergrund. Die Vorstellung von ihm wird neu geprägt durch die Spontaneität und Offenheit meiner Liebhaber.

Beide wollen sich weder festlegen noch binden. Aber dann passiert etwas Verrücktes und das gleich im Doppelpack.

Nach einer berauschenden Nacht erzählt mir der eine, dass er verliebt sei. Ich weiß sofort, dass er damit nicht mich meint. Es trifft mich nur kurz. Den Zeitpunkt seiner Offenbarung finde ich unpassend – sonst lässt es mich ziemlich kalt. Aber ich koste den Moment aus, als er mir sagt, dass ich die einzige Frau sei, mit der er Sex habe und ich ihm erwidere, dass er nicht der einzige Mann sei. Er kann es kaum glauben. Ich, die ich am Anfang so ein Theater gemacht habe, weil er Freundschaft und Bett, aber nicht mehr wollte und ich Sexualität und tiefere Gefühle nicht trennen konnte und wollte. »Das habe ich durch den anderen gelernt!« So viel Erklärung muss sein.

Der andere schaut mich am nächsten Abend kurz irritiert an. Wir liegen auf seinem Bett, noch glühend vom vorangegangenen Augenblick, reden und scherzen miteinander. Er gesteht, dass ich seit längerem die einzige Frau sei, mit der er etwas habe. Ich sage nichts, als er den Knutschfleck an meinem Hals sieht.

Er weiß sofort, dass die kleine Verfärbung an meinem Hals nicht von ihm sein kann. Er will keine Knutschflecken (an öffentlich sichtbaren Stellen) und er macht dort auch keine.

Die Frage zum Woher verkneift er sich schnell. Männer und Frauen haben die gleichen Rechte, ihre Lust auszuleben.

Kurz darauf ist diese wilde Phase meines Single-Lebens vorbei. Ausgiebig habe ich gekostet und erfahren, dass ich begehrenswert bin. Ruhe kehrt zurück.

Der Mann meiner Freundin

Als ich ihn vor einem Jahr das erste Mal traf, fand ich ihn auf Anhieb sympathisch, richtig süß. Und ich beneidete Maren ein wenig um diesen gut aussehenden, netten Mann. Ihr Ehemann. Vater von ihren beiden Kindern.

Ein paar Wochen später, als sie sich von ihm trennte, konnte ich sie nicht so ganz verstehen. So einen Mann gehen lassen. Nach 17 Jahren. Aber sie hatte sich in einen anderen verliebt, die Beziehung mit ihrem Ehemann war schon lange am Kriseln.

Der Neid der Single-Frau schlug voll zu. Einen tollen Ehemann, den frau gehen lassen kann, weil sie einen anderen begehrt, der einen wiederum auch mit Haut und Haaren will. Und ich? Weder Ehemann noch Liebhaber!

Fast ein Jahr später: Noch sind die beiden miteinander verheiratet, immer noch leben sie getrennt. Wunderbar! Er ist nämlich wirklich super süß.

Sonntagabend: Marens Freund ist mit einem Freund verabredet. Wir beschließen einen Frauenabend zu machen.

Es ist eine laue Sommernacht und wir flanieren zunächst einmal durchs Städtchen. Sehen und gesehen werde. Mit einem Eis in der Hand schlendern wir über den Marktplatz, als auf leisen Sohlen – oder besser gesagt Socken – ein Mann von hinten auf uns zugerannt kommt. Aus dem Augenwinkel erkenne ich Marens

Noch-Ehemann. Ich plaudere unbefangen mit ihr weiter und lasse ihm so die Chance, sie zu erschrecken. Und wie es klappt. Sie quietscht und springt zur Seite.

Unternehmungslustig wie wir zwei Frauen sind, nehmen wir ihn in unsere Mitte und beschließen, mit ihm einen Martini zu trinken.

Wir gehen als kicherndes Dreigespann weiter. Zielstrebig steuern wir das Tischchen im Straßencafé an, von wo aus er gestartet war. An seinem Platz liegen seine Inliner, weshalb er strümpfig unterwegs ist.

Zwei fremde Frauen sitzen mit am Tisch, aber die stören uns wenig. Wir tuscheln und flirten, stecken unsere Köpfe zusammen, lehnen uns abwechselnd über unseren Begleiter, um besser lästern zu können, kichern und gickeln. Maren und ich sind in der Stadt bekannt. Wer aber ist der Mann, rätseln die Leute um uns rum. Man kann die Frage auf ihren Gesichtern lesen.

Zu dritt ziehen wir weiter von einer Kneipe zur nächsten. Wir sind gut drauf, lachen, scherzen, flirten. Ich lade Marens Noch-Mann zu einer Fete bei meiner Freundin Geli ein. Abrupt wechselt er das Thema. So schnell gebe ich aber nicht auf. Ich frage noch einmal nach, gewähre ihm Bedenkzeit und sage, ich würde ihn später noch einmal darauf ansprechen.

Und dann wird Maren müde. Sie kann doch nicht einfach schlapp machen, wenn's grad so schön ist. Ihr Ex will mit uns Billard spielen, Maren will heim ins Bett. Wem soll ich mich anschließen? Meiner Freundin, bei der ich quasi zu Besuch bin oder ihrem Mann, den ich immer interessanter finde?

»Wartest du auf Stefanie«, säuselt Maren angeheitert, »und spielst du mit ihr Billard, wenn sie mich jetzt schnell nach Hause fährt?«

»Ja, klar!«, ist die prompte Antwort und mein Problem somit gelöst.

Vor der Haustür drückt mir Maren ihren Wohnungsschlüssel in die Hand, grinst mich unverschämt an und wünscht mir noch einen schönen Abend mit ihrem Ex-Mann.

Er und ich spielen wie geplant Billard. Wir lachen uns fast krumm dabei. Ganz so gut klappt es nicht mehr, die Kugeln zu versenken. Dafür haben wir doch schon zu viel getrunken. Ich muss ihm gestehen, dass ich geringfügig geschwindelt hatte, als ich behauptete, das Billardspiel von einem kanadischen Profi chinesischer Abstammung gelernt zu haben. Aber das ist meinem Mitspieler egal. Wir haben viel Spaß und die beiden Partien gehen unentschieden aus.

An der Theke trinken wir noch einen Martini zum Abspannen.

»Du, wie sieht's jetzt aus: Gehst du am Samstag mit zur Party?«

»Ja. Ich kenne zwar niemanden auf diesem Fest, aber ich kann ja neue Leute kennen lernen.«

Super. Schnell schreibe ich ihm Adresse und Wegbeschreibung auf einen Zettel. Er zieht seine Inliner an. Wir müssen den Hinterausgang benutzen. Es ist kurz vor zwei und das Pub eigentlich schon längst geschlossen.

»Tschüss!«

»Bis Samstag!« Und weg ist er.

Ich fahre gut gelaunt zu Maren, schlafe im Bett ihrer und *seiner* Tochter. Komisches Gefühl.

Am nächsten Morgen weckt mich Maren. Auf der Terrasse ist der Frühstückstisch gedeckt. Fred, ihr Freund, gießt gerade den Kaffee ein.

»Guten Morgen! Na, wie war's noch?«, wollen beide wissen. Schön, witzig, er kommt zur Fete. Ich find ihn süß.

Und die Situation an diesem Morgen ist schon ziemlich komisch.

Verliebt?

Ich wache auf und denke an ihn.

Ich sitze im Büro und denke an ihn.

Ich rede mit Freunden und erzähle von ihm.

Ich leihe in der Bibliothek die Bücher aus, die er liest.

Ich schaue im Fernsehen den Kanal, für den er arbeitet.

Ich laufe häufiger an dem Café vorbei, in dem er oft sitzt.

Ich lerne von ihm, mit den Inliner zu bremsen, obwohl ich das schon kann.

Ich teste, wie es ist, einen ganzen Tag mit Kindern zu verbringen, denn er hat zwei.

Ich schlafe ein und denk an ihn.

Bin ich verliebt oder find ich ihn einfach nur toll?

Das ›Lust-Opfer‹, der ›Dia-Mann‹, einer von zweien ruft an und will was mit mir machen. Ich sollte früh ins Bett. Habe morgen einen wichtigen Termin und im Augenblick noch chaotischen Kampf mit meinem Computer. Aber wenn er sich schon mal wieder meldet …

»Komm doch noch auf ein Glas Wein.«

Zehn Minuten später steht er vor der Tür. Zur Begrüßung küsst er mich leidenschaftlich auf den Mund. Leidenschaftlicher als von mir erwartet.

Wir breiten eine Decke auf dem Boden aus – habe zurzeit keinen Tisch in meiner Wohnung stehen – setzen uns und prosten uns zu.

»Wie wär's mit Musik?«, fragt er.

»Ja, klar. Was willst du hören?«

»Soll ich was auflegen?«

»Ja, mach mal.« Die Entscheidung ist mir zunächst abgenommen. Meine Musikauswahl ist eh nicht sehr groß.

»Ich kenne nur zwei deiner CDs. Die hören wir immer, wenn wir Sex machen.« Er verschwindet in meinem Schlafzimmer, in dem die Stereoanlage steht.

»Dann leg was anderes auf.« –

Ich spüre, wie er innehält.

»Was, du willst keinen Sex mit mir machen? Warum nicht? Ich mach das so gerne mit dir.«

Ich drucke rum. »Keine Lust. Mir ist nicht danach.«

»Sicher???« Er ist baff. Alles hätte er erwartet, aber nicht diese Antwort.

»Ja ... Ich will ehrlich sein. Ich habe einen Typ kennen gelernt und jetzt weiß ich nicht, was ich von ihm will und was er von mir will. Er geht mir einfach nicht aus dem Kopf.«

Mein Besuch entscheidet sich für ›Dire Straits‹. Mal was Neues.

Wir trinken Rotwein und quatschen über Bücher.

»Und wie sieht's aus? Lust?«

Ich schüttle den Kopf. Wir reden vom Urlaubmachen in Kanada. Er möchte nächstes Jahr dorthin, ich war schon mehrfach drüben. Dann schweigen wir kurz.

»Gut, das hätten wir auch abgehandelt.«

Er grinst. »Wie steht's?«

Ein verneinendes »Mh-mh«. Nichts rührt sich in mir.

Als er vom Klo zurückkommt, beugt er sich zu mir runter und küsst mich. Sanft schiebe ich ihn zur Seite, schaue ihm tief in die Augen:

»Es geht nicht. Tut mir leid. Ich bin zu sehr im Kopf.«

Nächstes Glas, nächstes Thema. Zwischendurch grinsen wir uns an. Er schaut lächelnd-fragend-flirtend, ich lächelnd-kopfschüttelnd.

Das kann ja nicht wahr sein. Ich sitze nun hier schon seit zwei Stunden mit einem der tollsten Männer und denke an – *ihn*.

Unerwartet stehe ich auf, knie mich vor ihn.

»Jetzt muss ich dich mal küssen.« Zart, vorsichtig, vorstoßend, begehrlich ... Ich versuche den Kuss nicht zu barsch zu beenden.

»Es geht nicht!« Ich setze mich zurück auf meinen Platz.

»Du bist verliebt!«

- Bin ich das? – Ich weiß es nicht.

Kurz darauf rückt er wieder nah an mich ran. Er nimmt mich in seine Arme, streichelt mich. »Lass dir Zeit. Genieße es einfach.«

Ich kann nicht.

Er schaut mich ruhig mit unternehmungslustigen Augen an.

»Entweder wir machen's jetzt oder ich geh besser heim.«

»Tschüss!«

Langsam zieht er seine Schuhe und die Jacke an. Ich beobachte ihn dabei. Wir lachen uns an.

»Warum lachst du?«, will er wissen.

»Unvorstellbar, was hier abgeht.«, beginne ich meine Erklärung. »Vor zwei Wochen wäre der Abend ganz anders verlaufen.«

Wir umarmen uns, kuscheln. Er versucht noch einmal mich umzustimmen.

»Schön, dass du da warst!«, flüstere ich ihm ins Ohr. »Und schön, dass du jetzt gehst!«

Er seufzt. »Küssen hättest du mich nicht sollen!«, sagt er, lacht und geht.

Es geht mir wunderbar. Ich schlafe diese Nacht tief und fest.

Als ich morgens aufwache, lache ich lauthals. Alle Leichtigkeit ist zurück. Es geht mir prima. Ich habe es (zum ersten Mal) geschafft, einen Traummann von der Bettkante zu stoßen. Es war gut und richtig. Er war fair und verständig.

Bleibt nur die Frage: Bin ich verliebt?

Freiheiten

Auf meinem Weg in den Urlaub besuche ich Beat in Bern. Habe ihn erst vor wenigen Wochen im Tessin kennen gelernt, als ich dort das Wochenende mit Geli verbrachte.

Bleibe zwei Tage. Wir fahren mit seinem Motorrad durchs Emmental. Super, endlich mal wieder nach Jahren auf einer Maschine sitzen. Wir kehren unterwegs in einer Bergwirtschaft ein, reden und erzählen uns aus unseren Leben. Kann bei ihm übernachten.

Beat muss am nächsten Tag arbeiten. Er ist Geographie- und Physiklehrer. Ich schaue mir Bern an. Abends gehen wir essen. Danach sitzen wir in seinem Wohnzimmer auf dem Boden, philosophieren und debattieren, die meiste Zeit über Buddhismus bzw. Zen. Er ist ein Anhänger dieser – ja was? Ideologie, Religion,

Philosophie? In der Meditation zu sich finden. Freiheit finden? Es ist interessant, fremd, kontrovers. Die Zeit vergeht wie im Flug.

Die nächsten drei Tage bin ich wieder für mich allein, habe kaum Kontakt zu Menschen. Lese, wandere, sitze an einem See, lese, liege in meinem Hotelzimmer auf einem Campingplatz im Hinterland von Antibes, lese. Jeden Abend, so gegen 22 Uhr trinke ich im Restaurant ein Bier, dann gehe ich wieder auf mein Zimmer zum Lesen und Schlafen. Erholung pur.

Sonntagabend trifft eine Gruppe Motorradfahrer aus heimatlichen Gefilden ein. Beim abendlichen Bier kommen wir ins Gespräch. Die vier sind ganz unterhaltsam. Familienväter bzw. Ehemänner, die jedes Spätjahr zu einer gemeinsamen Motorradtour aufbrechen. Ein bisschen Ausbrechen vom Alltag. Freiheit genießen. Männerfreundschaft pflegen.

Unsere Ansichten und Lebenserfahrungen sind sehr unterschiedlich und es reizt mich, die selbständige, welterfahrene, unabhängige Frau rauszuhängen. Jede Seite versucht zu provozieren, wir flachsen und scherzen. Dem Bier folgen Wein, Calvados und dann wieder Bier.

Wir sitzen vor ihren Zelten, das Restaurant hat mittlerweile geschlossen. Es ist kühl. Mitte September im Gebirge. Ich bitte die zwei neben mir, etwas näher an mich ran zu rücken. Die Stimmung ist locker und ausgelassen. Urlaubsstimmung.

Schlagartig kommt der viele Alkohol bei mir an. Habe den ganzen Tag nur Obst und Baguette gegessen. Mir wird schummerig. Mein rechter Nachbar fragt, ob er mich eine Runde um den Campingplatz begleiten soll, sucht seine Taschenlampe, ich hänge mich bei ihm ein. Wir marschieren los.

Die Bewegung und die kühle Luft schaffen schnell Besserung. Er ist sympathisch: frech und etwas unbeholfen. Eine reizvolle Mischung. Flirten wollen wir beide und beide wollen wir es nicht. Er macht so was – angeblich – sonst nicht und ich habe eigentlich genug Flirts hinter mir. Aber warum nicht mal einen Urlaubsflirt? Da war ich bisher doch sehr zurückhaltend. Als allein reisende Frau ist man vorsichtig. Außerdem gibt es so vieles, auf das man achten muss, um das man sich kümmern muss – und immer ohne jemand, der mitdenkt – da bleibt kaum Zeit, um entspannt auf eine nette Anmache einzugehen.

Er weiß nicht, was er von der Situation halten soll. Wenn ich ihn an einen der einsamen Wohnwagen stellen und küssen würde, dann ... Aha, seine Äußerung lässt darauf schließen, dass auch er beginnt, seine Hemmungen in den Hintergrund zu schieben.

Ich warte ab, schlendere weiter neben ihm her. Irgendwann bleibt er entschlossen stehen, dreht mich zu sich, nimmt mich in die Arme und beginnt mich zu küssen. Er küsst klasse, keine Frage. Sag ich ihm auch. Wir knutschen noch ein Weilchen rum, dann kehren wir zu den anderen zurück, mir scheint, noch im passenden Zeitrahmen.

Plötzlich rückt mir mein linker Nachbar auf die Pelle, legt den Arm um mich. Jetzt wird's mir zu viel. Ich verabschiede mich, steh auf und laufe in Richtung Hotel.

»Soll ich dich begleiten?«, ruft der Gut-Küsser hinter mir her.

»Unbedingt!« Ich lache und gehe weiter.

Er folgt mir. Als wir um die Ecke sind, fallen wir uns in die Arme und verschmelzen in Küssen. Schön ist es, gut tut es.

»Ich begehre dich!«

»Ich merk's!«

»Ich gebe dir noch eine Minute, dann musst du wissen, ob ich mit zu dir hoch kommen soll.«

Ich nehme 60 Sekunden kusstief mit, was geht. Es kribbelt. Sein Herz klopft wie wild. Und meins erst.

»Tschüss, und gute Reise.«

Ich winde mich aus seiner Umarmung, gehe die Treppe hoch in mein Hotelzimmer.

Die kommenden Tage ist wieder ruhigeres Leben angesagt. Ich besuche einen Sprachkurs in Antibes. Es soll eine meiner besten Ferienzeiten werden, die ich alleine unterwegs bin. Der Unterricht macht Spaß, ich lerne ziemlich viel in so kurzer Zeit. Die anderen Teilnehmerinnen und Teilnehmer sind alle okay: elf Frauen, ein Mann. Die Jüngste ist Anfang Zwanzig, die Älteste 79 Jahre. Fast alle sind ›celibataire‹ – unverheiratet, frei.

Nachmittags ist kein Unterricht und bei etwa 100 Leuten in der Schule findet sich immer jemand, mit dem man etwas unternehmen kann, wenn man will.

Neben mir sitzt Birgit und schnell ist klar: Wir haben die gleiche Wellenlänge. So ergibt es sich wie von selbst, dass wir viel zusammen machen. Im Café oder abends beim Wein erzählen wir uns von unseren Träumen, den Männern, die wir wollen und die so schwer zu haben sind. Wir liegen am Strand oder sitzen im Straßencafé und glotzen Menschen. Es ist witzig und ein kurzer Blick sagt, wir denken das Gleiche. Das Leben ist herrlich: bunt, lebendig, unterhaltsam.

Bei einer Weinprobe, die die Schule veranstaltet, treffen zwölf Personen aus den verschiedenen Kursen aufeinander. Aus meinem Kurs sind Birgit und Fatih dabei.

Neben mir sitzt ein junger Typ. Irgendwann setzen wir uns über das Anliegen der Dozentin – nur Französisch zu sprechen – hinweg. Unsere Sprachkenntnisse sind einfach noch zu gering. Und warum sollte ich mir mit meinem deutschen Nachbarn einen abbrechen. Wir quatschen ein wenig über Wein. Der Mann neben ihm ist nicht uninteressant und durch den Kontakt zu meinem Nebenmann auch nicht ganz außerhalb eines möglichen Gesprächs.

Nach einer Weile tippe ich ihm auf die Schulter.

»Könntest du mir bitte den weißen Bordeaux rüberreichen? Wäre schade, wenn er warm würde.«

Sein Blick bleibt länger als notwendig in meinen Augen hängen. Schöne, ruhige blaue Augen. Ich lächle. Er lächelt zurück.

Nach der Weinprobe stehen noch ein paar der Gruppe zusammen. Ich frage, ob wir nicht am Abend etwas miteinander unternehmen sollten. Alle sind dabei und wir verabreden uns auf 20 Uhr.

Ich sause in der verbleibenden Zeit auf den Campingplatz und schlage wie jeden Abend mein Zelt auf. Na, prima. Das Bett wäre gerichtet. Heute kann's etwas länger werden.

Ich hole Birgit in ihrem Appartement ab. Am Platz General de Gaulle treffen wir wie vereinbart die anderen. Der mit dem schönen, ruhigen Blick kommt als Letzter.

Schnell stellt sich heraus, dass er und ich die gleiche Sprache sprechen. Wir necken uns und frotzeln. Der Flirt beginnt. Er flirtet prima.

Nach einer Weile kommt das Gespräch aufs Motor-radfahren. Fatih und mein Flirter sind mit ihren Motorrädern angereist.

»Du hast nicht zufällig einen zweiten Helm dabei?«, frage ich.

»Doch, habe ich.«

»Hey, super. Darf ich mal bei dir mitfahren?«

»Klar! Sollen wir morgen nach dem Unterricht eine Tour machen?«

Wow – super!! Schon wieder Motorrad fahren. Das Wetter ist traumhaft dafür, die Straßen im Gebiet wunderbar kurvig.

»Gern!«

»Such 'ne Route aus und komm morgen um vier an die Schule, dann fahren wir los.«

Pünktlich um 16 Uhr stehe ich da. Mein Chauffeur kommt aus seinem Kurs.

»Gehen wir?«

»Ja.«

»Und wohin?«

»Durch die Gorge de Loup nach Gourdon?« Ich zeige ihm den Weg auf der Karte.

Er nickt. »Okay.«

Wir stehen vor seiner Maschine. Verdammt, wie steigt man auf so ein großes, breites Motorrad – eine 1.200 BMW – auf?? Keep cool. Kriegst du schon hin.

»Soll ich dir mit dem Helm helfen?«

»Also, wenn ich das nicht hinbekomme, lassen wir es lieber gleich bleiben.«

Ich fummle und fummle.

»Könntest du mir vielleicht doch helfen?«

Das Aufsteigen ist einfacher, ähnlich wie das Aufsitzen bei einem Pferd.

Es ist Freitagnachmittag. Die Stadt steht im Verkehr. Ich sitze cool und locker hintendrauf. Keine Rückenlehne. Muss mich an meinem Vordermann festhalten. Locker, leger. Deutlich auf Abstand. Wie soll das gehen, wenn er beschleunigt? Weiß es bald. Rücke etwas näher, umfasse ihn beherzter. Fällt mir nicht arg schwer. Fühlt sich gut an.

Als wir aus der Stadt sind, fühle ich mich sicher und wohl. Wir werden eins – ein Team – und es ist schön. Traumhafte Landschaft, geiles Motorrad, guter Fahrer. Berauschend. Verspüre ein Gefühl von Freiheit. Möchte dieses gerne teilen. (Freiheit teilen, wie komisch!) Schmiege mich näher an.

An einer roten Ampel dreht er sich zu mir um.

»Und, wie geht's?«

»Prima. Es ist wunderschön«, strahle ich ihn an. Er lächelt. Die Ampel schaltet auf Grün, die Fahrt geht weiter.

In Gourdon gehen wir Kaffee trinken. Wir reden und diskutieren. Der Typ gefällt mir immer besser. Ich ihm auch?

Auf der Heimfahrt wünsche ich mir, dass dieser Augenblick noch lange anhalten soll. Aber schon sind wir in Antibes.

»Schade, dass du in München wohnst. Mit dir würde ich öfters mal fahren.« Ich bedanke mich für den schönen Nachmittag und gebe ihm einen Kuss auf die Backe. Wir tauschen Adressen – er reist morgen ab. Schade! Besser so?

Abends bin ich mit Birgit verabredet. Wir wollen bummeln und tanzen gehen. Er will vielleicht noch später ins ›Irish Pub‹ kommen.

Kurz vor Mitternacht sehen wir ihn auf der Straße vorbeilaufen. Ich rufe ihn. Er setzt sich zu uns. Es kribbelt.

Und dann verabschiedet er sich.

»Also dann. Noch viel Spaß.«

Er geht!! Mich packt mal wieder der wilde Wahn. Er kann doch nicht einfach gehen. Ich kann ihn so nicht gehen lassen.

Ich springe von meinen Stuhl auf. »Komm gleich wieder!«, rufe ich Birgit und Fatih zu und laufe ihm nach.

Nach wenigen Metern habe ich ihn eingeholt. Wir gehen nebeneinander. Beide die Hände auf dem Rücken. Ich summe vor mich hin. Was soll ich sagen? Wir gehen und gehen.

»Noch bis am Ende des Platzes, dann kehre ich um.«

»Was?«

»Na, ich begleite dich nur ein Stück. Dann geh ich zurück zu den anderen.«

»Ach so. Das ist aber nett von dir.«

»Finde ich auch.«

»So!«, ich bleibe stehen. Er auch.

Ich lächle ihn an. Er legt einen Arm um mich, ganz vorsichtig. Er küsst mich – auch ganz vorsichtig – auf den Mund. Und gleich noch einmal.

»Wow – an deinem Essen war ganz schön Knoblauch.«

Er lacht. »Ja, soupe des poissons mit der tollen Knoblauchsoße.« Kuss.

»Das macht man nicht.«

»Was?«, frage ich überrascht.

»Das.« Er hält mich etwas auf Distanz, zieht mich wieder näher an sich. Kuss.

»Was macht man nicht?«

»Knutschen auf der Straße.«

Ich dreh mich rum. »Wer knutscht wo?« Ich schaue

ihm in die Augen, grinse. Kuss.

»Na, da komm ich bald mal nach Freiburg.«

»Wenn du Lust hast?!«

Kuss.

»Also dann. Mach's gut. Komm gut heim.«

»Einer noch!«

Kuss.

»Bis dann.«

Wir drehen uns um und gehen jeder in eine andere Richtung davon. Ich schaue noch zwei-, dreimal über die Schulter zurück. Er geht geradewegs seinen Weg. Verdammt, es kribbelt. Und zwar ganz schön heftig.

Und jetzt? Bin ich wirklich bereit, das alles aufzugeben? Ist es nicht einfach wunderschön zu machen, was man will, wann man will, mit wem man will?

Finde ich Geschmack an den Freiheiten des Single-Lebens?

Mit oder ohne

Natürlich kannte ich von Anfang an das Ende dieses Buches. Na ja, *kennen* ist in dem Fall wohl nicht der exakte Begriff, doch wenn man ein Buch schreibt, hat man meist genügend Phantasie, um eine Geschichte auch zu Ende zu bringen.

Doch wie, wenn man über das Leben, über Erlebtes, schreibt?

Ja, mit einem Mann sollte das Buch sein Ende finden. Mit *dem* Mann. Manches Mal hatte ich fast Sorgen, es könnte passieren, bevor alles auf dem Papier steht.

Richtig: Zweitens kommt es anders, als man erstens denkt.

Irgendwann muss Schluss sein. Ob mit oder ohne Mann. Ins Leben eingetaucht bin ich, schwimmen habe ich gelernt. Der Ritt auf den Wellen war berauschend.

Danke schön an …

meine Freundinnen, die mit ihren eigenen Facetten dazu beigetragen haben, dass Stefanie mit Leben erfüllt wurde;

meine Freunde, die mich immer wieder daran erinnert haben, dass Männer anders und sehr liebenswert sind;

die Männer, die mich inspiriert haben und deren Namen im Buch geändert wurden;

die VorableserInnen – Roswitha, Constanze, Beat, Geli und Lily –, die mir Mut gemacht haben und die lange warten mussten, bis sie dieses Buch endlich gedruckt in den Händen halten konnten;

die Korrektorinnen – Diana und Thalia –, die kritisch, genau und geduldig die Zeilen geprüft haben;

die Künstlerin Christiane B. Bethke, die in einer Erdbeer-Koffer-Foto-Aktion den Umschlag gestaltet hat;

meine Cousine Claudia, die auf jeder Familienfeier gefragt hat: Wann …?